# 참 소중한 당신

# 참 소중한 당신

허일만 유고집

초판인쇄 / 2018년 5월 1일
초판발행 / 2018년 5월10일

지은이 / 허일만
편집주간 / 배재경
펴낸이 / 배재도
펴낸 곳 / 도서출판 작가마을
등   록 / (제2002-000012호)
주   소 / (48930)부산시 중구 대청로 141번길 15-1 대륙빌딩 301호
         전화: 051)248-4145, 2598   팩스: 0510248-0723
         전자우편: seepoet@hanmail.net

정가, 12,000원

국립중앙도서관 출판예정도서목록(CIP)

참 소중한 당신 : 허일만 시집 / 지은이 : 허일만. ― 부산
: 작가마을, 2018
p. ;   cm .
ISBN 979-11-5606-103-8 03810 : ₩12000

개인 문집[個人文集]
한국 현대문학[韓國現代文學]

810.81-KDC6
895.708-DDC23                    CIP2018012652

※ 이 도서의 국립중앙도서관 출판예정도서목록(CIP)은 서지정보유통지원시스템 홈페이지
(http://seoji.nl.go.kr)와 국가자료공동목록시스템(http://www.nl.go.kr/kolisnet)에서 이용
하실 수 있습니다.(CIP제어번호: CIP2018012652)

# 참 소중한 당신

## 허일만 유고집

도서출판 작가마을

# 봄은 왔건만

 뒷산 언덕엔 새싹들로 연두 빛 물결이 넘실거리고 개나리 진달래 벚꽃들이 환상처럼 피어나 하나님의 솜씨로 소신껏 뽐내는 계절이 왔네요.

 당신이 살아 계셨다면 구포 뚝 벚꽃에 한껏 취하게 해주셨을 텐데, 유채꽃 노오란 사잇길로 오가며 봄기운에 심신을 목욕시켜 주었을 텐데 하는 생각이 오늘 따라 간절하네요.

 그렇게 큰 고통으로 시달리다 눈을 감으신 당신이 가신 후 8개월이 지났건만 아직도 전 문소리가 나면 들어오시려나 하고 당신이 앉은 자리, 선 자리, 누웠던 자리, 온 집안 어디에서나 불쑥 나타날 것만 같은 착각에 젖어 있습니다. 그러다가 다시는 볼 수 없다는 현실이 너무나 어처구니없고 원망스럽기만 합니다.

 내 곁에 아무도 없는 우리 집, 이 방 저 방을 가도 역시 아무도 없는, 나 혼자 만이 숨쉬고 있는 이 사실, 이 공간, 마음 구석구석마다 모래 알이 서걱이듯 외로움과 쓸쓸함이 저를 우울하게 해, 때로는 혼자서 눈물을 글썽이며 낙동강 하구나 먼 바다를 하염없이 내려다보곤 합니다.

 뒤돌아보면 우리 가정에서 또 저에게 당신은 참 소중한 분이셨어요. 5남매의 장남으로 태어나 우리 가정의 기둥으로 한 번도 불평불만 없이 장남 몫을 톡톡히 하셨어요.

가끔 모임에서 유머가 풍부해, 버스 안이나 어떤 모임에나 늘 좌중을 웃음바다로 만들어, 당신이 어쩌다 없으면 서운해 할 정도로 사람들을 웃기는 재주가 많아 즐거웠습니다. 그리고 저 혼자 바깥일을 해보니 너무너무 힘들고 모르는 분야도 많고 해서 이래서 남편을 '바깥양반'이라고 부르나 봅니다.

'있을 때 잘해' 하는 노래도 있듯이 정말 가시고 나니 너무나 잘못했던 일만 생각나고 저가 좀 더 잘해드렸다면 더 오래 살 수 있었을 텐데 하고 자책도 해봅니다.

저는 몸이 약하고 잦은 병으로 당신이 고생도 많이 하셨고 항상 저의 건강 때문에 아껴주신 그 정성이 지금 눈물나도록 새록새록 고마움을 다시 느끼고 있습니다.

사랑하는 당신!
당신의 소천으로 49년 4개월의 부부의 연에 종지부를 찍어 오매불망 눈 앞에 어른거리는 당신의 모습을 시시때때로 그리며 하늘나라에서 평안하고 행복하시기를 빌고 또 빌면서
-----.

이 유고집은 당신의 후배 양왕용 교수님이 적극적으로 후원하셔서 탄생시켜주셨습니다. 그리고 작가마을 배재경 선생님께서도 정말 애썼습니다. 심심한 감사의 말씀을 올리고 싶습니다.

2018. 4. 2. 따뜻한 봄날
당신의 아내 선영자

# 참 소중한 당신

허일만 유고집

## 제2부 / 초기의 시편들

## 제3부 / 남강문학에 발표된 시와 기타 발표 시

# 제1부
# 시집 조약돌

시집 『조약돌』은 허일만 선생께서 1958년 8월25일 펴낸 선생의 첫 시집
이자 유일한 시집이다. 당시의 詩情을 살리고자 원문 그대로 수록한다.

# 五月

黃昏은 느티나무 아래서
붉은 핏빛

안개 두런 논두렁 배암
내가 열일곱 少女가 아니라서
볼엔 紅潮가 없나 보다

이 강을 따라
갈 길은 머얼고
아슴아슴 길은 곧은데
여기 파란 生命에
꽃처럼
피가 얼룩진다.

# 新綠

香氣
이랑진 골속에 숨었다

少女 얼굴이라도
비칠 듯한 湖水
말간 하늘이 잠겼다.

오랑캐는
退色한 몸치장을 하고
다정한 사람을 기다리고 섰건만
나는
반가운 사람조차 없다.

# 오랑캐꽃

香氣
가득한 흙속

싫다던 오랑캐꽃이
多情한 소녀가 되고

또
흙 손 벌리고 섰다

나는
왜
그가 좋아졌나?

풀이라도
아가 같은 웃음을 연신 피우고
입에서
젖 내암 풍기고 있다

# 봄

星雲이 하늘거리는 아래에
오늘도 뿌듯한 생명의 躍動이 있다

野生草의 그 單調로운 맥박이
또한
微微한 벌레의 삶을 創造하는 數多스런 맥박이
융융한 Hamony를 造成하며
時間은 간다
軌道 위에 선
이 精進은
곧
내 마음의 Rhythm이고
女人처럼 그리운
故鄕이다.

# 산에

와- 아-
와- 아-
12月 얼음 찬 하늘
旗輸처럼 나풀된다

참나무, 오리목,
꿩, 참새, 토끼 모다 죽는 시늉을 낸다

웃음 웃어도 햇살 어디론지 가 버리고 없다
多情하던 少女도 가고 없다

허연 피 한 점 빼지 않은 살덩어리
꽃 한 포기 심어볼 흙이 없다

가슴 터이도록
와- 아-
고함질러도
되살아 오르는 건 퉁퉁 부언 메아리

기찬 외침이다
숨 막히는 언어다.

# 江邊에서


쏴아- 쏴아-
이 소린
아무래도 宇宙가 꺼진다는 音聲이다

애기 업은 할매와  홈야가
惡을 치는 기찬 反旗다

回想도 이젠 있을 수 없다
서러운 詩가 널렸고

보기 흉측한 내 親族의 흰 살점이 널렸다
또한 乞人 紳士 할 것 없이 히번덕
들어 누워 있었다

쏴아-
쏴아-
우주가 뒤집혀 졌단다
水素彈의 洗禮를 받은 族屬이 히죽이
휘몰려 갔단다.

# 새벽

흙색이 밀쳐지는 時間
創造의 神이 입김을 어리우었다

白沙場 위에선
별을 따는 少年의 발 자욱이
자꾸 얼룩지고

동이 터는 가슴이
새벽을 찾았다

아직도
내가
입김을 잡고는 녹이지 않았다.

# 코스모스


軟弱한 少女


꽃 이파리 떨어질까 두려워
받침은 겹겹으로 받쳤다


갈래갈래 찢기운 내 이파리 여덟은
秘密을
내 부푼 유방을 죄다 들내고
또
밤새 울어사었다


뻐꾸기 울어주고
落葉 내리면
나는 홀로 피나니


열여덟 부푼 가슴을 지녀도
派獨한
異國少女

# 찹쌀떡 장수

어두움이 밤 마차에 실려 오면
어린 生命이 都市로 몰려
뼈저리게 살다 죽은
저 철칙을 또 한 번 외어보는 시간이었다

검은 大地가 나의 품이다
그러나 이 大地를 살라먹는 눈이 내겐 있었다
이 집엔 단꿈
내겐 쓴 꿈

기울어진 山村들아
"찹쌀떡-"
이것보다
별 밑에서 오가는 하루를 꾸미는 것이
내 運命인가 보다

두 번 또 어두움이 짙어지면
내겐
뼈저리게 살다죽은
육중의 反抗이
칼날처럼 푸르게 선다.

# 夕陽 길

막 걸려 넘는 마루턱에
집 잃은 아이처럼
자지러지게 웃는 가시내야
숫적한 사내는 호미를 팽개친다

앵두마냥
빨간히 탄 黃昏의 福을 덮고
별을 따는 巨人의 傳說을 캐며
한 오래기 깃머리에
追憶을 담고

못 잊는 水仙花의
파르란 香氣에
오롯이 달이 뜬다.

# 追憶이 묻은 노을

馬車
馬車에 별을 달고
그리움은 정 여기에 왔겠다.

시들은 칸나의 傳說을 썼던
넋두리 같은 입가에
또 한 해 봄처럼
그리운 時節이
하늘가에 사뭇 窓을 연다.

石榴꽃 몹시 타던
별빛 아래
순이,
이제 목을 들어도 좋다.

# 海邊에서

少女가 버리고 간
긴 노래 인양
애달픈 가슴 한 채
아스라한 水平
여기 少女의 얼굴과 같이
내 얼굴도 無數히 부숴진다.

追憶에 흡신 젖은
여기
검푸른 파도가 되어
無數한 별처럼 쏟아져
끝없이
故鄕처럼 그리움 속에 묻어
가만 눈을 뜨면
사방에
한 점 구름이 된다.

# 終路

모두 손을 들고
終着
이제 기적이 울리면
빨간 잿빛 재덤이
그래도 처녀는
기인 머리칼을 깍지는 않으련다.

어떤 익어가는 時節이
恒時 소녀의 눈언저리에
앵두마냥 맴 돌고

그다지도 처녀는
푸른 祈禱를 홍수처럼 쏟으며
끝내 신호등을 안고
十字架로 가는 길을
星座처럼 가슴 깊이
내 눈을 감는다.

# 처녀

眞正 슬픈 生理를 뒤집은
하염 목말라 두루미의 자욱을
여기 명주올처럼 그려본다.

江은 하염 푸르러
엄마의 주름은 못펴도
별은 그 위에 쉬어
傳說같이 발목을 담그면
내 가난한 마음은
맑게 다라에 도사려 담는다.

黃路처럼
별은
머-언 서글픈 풋념을 접어
엽전 닷냥처럼 꿴다
할매- 할매-

# 고개

머-언 傳說을 담아
바퀴는 골고다의 비화

발장구 치며
오간 地表에 수수한 무덤을 덮고
기인 목을 뽑아
黃路의 原理를 캔다.

유월
보리 이랑 붉게 타는데
두렁에 窒息한
아비의 지팡이를
어느 결에 절룩이며
담장넝쿨 허리띠며
얼마나 발끝을 굴려야 하기에
이토록 어긋난 波紋이뇨?

내사
열일곱 가시내 흉내도 못 담아
볼엔 紅潮도 잃고

가락진 線路를 끼고
아슴아슴 길은 곧은데
蒼白한 낮살에 黃昏이 지며
뻐꾸기 두렁에 세 번 가래질 한데
끝내 거칠게 굴러야 하는 바퀴 위에서
호롱불 돋구며
長竹 같은 새꾸를 꼰다.

# 後記

 가난한 人間이 自身을 안다는 것이 그리 쉬운 일이 되지 못한가 보다. 그래서 내가 나를 알려고 하는 미련이나 慾心이 있다면 이 小帖은 바로 그 慾心을 채워보려는 하나의 길이라고 해두련다.

 여기에는 쓴지 오래된 발표작 <오월>에서 <코스모스>까지 最近에 써서 아직 발표 않은 <찹쌀떡 장수>에서 <고개>까지를 반씩 섞어서 실어보았다.

 제자를 써주신 강주식 선생님 눈먼 小帖을 이끌어 주신 조종만 선생님 또 강종흥님과 여러 지기들에게 감사의 정을 올립니다.

1958년 8월20일

저자

제2부

# 초기의 시편들

# 정지(停止)


강물은 이른 듯 흘러가는데
연륜은 차욱차욱 쌓여만 온다

사슴인양
어둠을 밟고
기인 목을 털며
어버이 40에 날 기다리듯
난 홀로 서 있다

아아 종착된 이 나룻가에서
외론 자욱을 묻고
서툰 정열이
석양에 기울어
섯불리 지울 수 없는
얼굴이
눈가에 까아만히 익어만 온다.


* 영문(제17집) 추천작품

# 사람

하루해 길다하고 살다가는 부유는
내일이 있다는 걸 모르니 모르리라
인간도 부유같아야 내세(來世)를 모를래라

수많은 개미떼들 제 잘났다 싸우건만
내 발이 내리치면 모두모두 죽을 것들
사람도 개미 닮아서 신(神)의 힘을 모르네

여보오 벗님네야 눈을 크게 떠 보오
우리는 바보라서 아무것도 모른다오
모두들 이러지 말고 신(神)과 내세 더듬세

* 1957. 7. 10. 처녀작
* 영화 제1집/영남학도문학회

# 봄의 감각

성운(星雲)이 하늘거리는 아래에
오늘도 뿌듯한 생명의 약동이 있다

야생초의 그 단조로운 맥박이
또한 미미한 벌레의 생을 창조하는
수다스런 맥박이
융융한 하모니(Harmony)를 조성하며
시간은 간다

궤도 위에선 이 정진은
곧
내 마음의 리듬(Rythm)이고
노래의 대상이다


-1958. 5.


*시부락(詩部落) 시동인(3)

# 여 죄(餘罪)


헐레벌떡 여기까지 무턱대고
뛰어왔다.

돌아보는 눈에 땀이 어린다
씻고 또 떠나야 할 위치
형들은 가더니 오지 않는다
순수한 동생들이 모여서 사는
이 아담한 시(詩)마을에
바람은 하는 수 없이
뒷걸음쳐 버리고
봄은 찾아왔구나

오늘부터 지나던 나그네 하나
키우련다

못은 아직 잔잔하다
하늘이 우리를 덮어주고
땅이 우릴 태워준다

이대로 이대로 이 마을에서
살리라

내일도 이대로
하늘을 마시고 살리.


-1958. 5.

*시부락(詩部落) 시동인(3)

# 담 벽(淡碧)
### -이별의 노래


나는
먹물을 담뿍 마시고
또
먹물을 뿜는

여기
허술한 의장을 풀고
매차운 지표 위에 과제를 풀며
도사려
수천의 흘러온
매화꽃 한 송이 부럽지 않는
패배된 지심의 생리여

내 여기
너와 수수 만만을 지키리다




*3학년 때 발표된 시
*발표지 미확인.

# 바닷가에서

파도가 밀려오는
모래사장에서
애닯은 가슴 한 채
아스라한
수평선을
바라보면 무얼 해

기쁨이 가득 찬
마음을
싱싱한 노도가 울려주고
검푸른 파도가 밀려오는데
희디 흰 모래알을
움켜쥐면 무얼 해

*2학년 때 쓴 시.
*발표지 미확인.

# 벽화(壁畵)


커다란 벽화(壁畵)
그리고 한량(限量) 없는
어둠의 미세화(微細畵)가
출렁이는 나의 안에서
그히는 온전히 벽화인 것을
하면
그히 안에서 나는
도대체 어느 쪽인가
아는 이여 앉은 채 곁자리서
두 시간일까
세 시간일까
지키다가
한 칸씩 기억(記憶)의 층계(層階)를 내리며
마치 오열하듯
그히의
그 석지(潟地)에서
멀어지며
멀어지며 괴롭다
키의 정점(頂點)으로
참으로 싱그런 햇살이

치달아
번쩍이고
그 사랑하는 이들의 근처(近處)에
나 같이
활활 불살이는 몸
문질러 두고
누군가
하고 또
누굴까
회오의 하중(荷重)으로
머리를 조아리며
몸으로 운다.

커다란 벽화(壁畵)
한량(限量) 없는 어둠의 미세화(微細畵)들이
엉기듯
소용이는
나의 안에서
그히여
조용한 벽화(壁畵)인 것을

* 발표지 미확인

# 울음의 계단(階段) 위에서

아름다운 어느 노래도
피워 볼 순 없는데,

아득한 울음의 계단(階段) 위에서
기억(記憶)은 가슴높이로 일렁인다.

종언(終焉)이여
지금은 애인(愛人)들의 어깨부근에서
풍화하는 손처럼
누군가의 내면(內面)에서 어둠살로 짙어온다.

묻지 말아라
무언가 가슴속에서 균열(龜裂)로
내리고 있는 생리(生理)를---

내일(來日)이면
파편(破片)같은 빛 부신 산화(散華)로
숨죽여야 할 가까운 연유(緣由)들이
기다리고 있을까

허나 우리들의 애인은 언제나
가난한 표정으로 산다.

모국어(母國語)가 담긴
국어(國語)책장을 찢고
마지막 언덕을 치달아 쌓는데

아름다운 어느 노래도
이젠 피워 볼 순 없다.

기억(記憶)이여
아득한 울음의 계단(階段) 위에서
끝없는 가을로 있다.

*진주 영문동인으로 표기된 것으로 보아....

# 소년

슬픈 생리(生理)를 뒤집은 계절(季節)
따슨 양지쪽
얼굴에 한겨울 추억(追憶)의 장면이 데워진다.

너의 노래를 몰아간
그늘 진
年輪엔
사그랑 낙엽(落葉)이 진다.

노을의 들녘에
샘진
그날은
우유빛 삶이 넘쳐
뭉클해진
가슴 위엔
하얀 서리가 내린다.

이제
까만 눈시울에 젖은 시절
맞대고 웃을 체경(體鏡)엔
미지의 소녀가 연상되어,

희맑은 얼굴에
붉은 눈시울
손이 가슴에 앉는다.

* 부산대 무역과

# 종로주변(鐘路周邊)


가슴을 짓누른다
푸르스럼해

어떤 표정을 지어야 할까
저 하늘을 바라

무슨 꽃의 이름으로라도
숨죽여야 할 슬픈 사연이 있다

넌 너
난 나대로
버섯만한 추녀에서
십자가(十字架) 밑으로 숙여 들어가야 하는 이유(理由)를 묻지
말라

이제 한껏 살아볼 수 있는 세월이 아니라
상여에 핀 꽃송이 마냥
이토록 울음 속에 살아야 하느냐

아예 아름다운 노래를 피워 볼 수 없는
앵무의 피가 마르도록
숨찬 세대의 휘파람

그저 회억(懷憶) 못하는 반주
아무리 걸어도
여긴 44번지(四十四蕃地).

*경남일보

# 목에서 도처(到處)에서 갈증(渴症)을

그저껜가
갈증(渴症)을 보았다
목에서
도처(到處)에서
갈증(渴症)을 보고
나는 감동(感動)하였다.
그러니까 애인(愛人)의 대리석(大理石)같이
빛나고
출렁이는 목을
수액(樹液)모양
타고 내리는
그 갈증(渴症)의 행방(行方)은
향연(香煙)할까
목숨처럼
아픈 서정을
눈 가리우고
불모(不毛)를
어느 날의 폐원(廢園)을
내달아 간
포도 넌출
포도넝쿨에서

그리고
잔 뼈 성글어진
내 본향(本鄕)의 징소리로
붕괴(崩壞)하는 동구(洞口)
동구(洞口)를 지키며
목석(木石)이 된
금지옥엽 천하대장군(金枝玉葉 天下大將軍)님의
목에서
도처(到處)에서
의외(意外)로 많은
갈증(渴症)의 분출(噴出)을 보고
나는 감동(感動)했다.
아아 그저껜가.

*진주영문동인으로 소개됨

# 독백(獨白)

언젠가는 토(吐)해 버릴 흙의
위장 속에서
내 양분은 빨리고
입석(立席)버스에서의
내 세 번째 단추보다 값질 수 없다.

바지 오른쪽 주머니에서
숱한 날
내 가난한 손에 애무당한
거스름
무궁화가 그려진 동전 네잎
꼭 쥔 손바닥만큼이나 따스한
동전의 체온

꽃이 운다
교체되는 하늘을 우러러
서럽게 꽃이 운다

재단된 시간의 층계를 보며
회색의 겨울을 향한
무거운 여행은

엄청난 고독의 에필로그

따스한 동전 네 잎으로
눈처럼 하이얀 엽서를 샀다.

밖에는 자꾸만 눈이 내리고
나는 이렇게 회전하며
먹물이 엉키는
내 조그만 방을 위하여
하늘로 오르는 눈에다
한사코
계절을 닮은 출발을 알린다.


*동문. 1963년 무역학과 졸

# 소년에게

진정(眞正) 슬픈 생리(生理)를 마음껏 뒤집어쓰고
엄마 젖을 찾았다.

따슨 양지(陽地)쪽,
어쩌면 엄마가 올 수 있는
슬픈 장면(場面)을 그리어 보고
아가는 햇빛에 눈을 대었다.

엽전 한 잎을 손에 쥐고
가슴 부풀어 하던
할머니의 쭈그러진 얼굴을 기억(記憶) 한 채로
아가는, 우유빛 같은 삶을 가져 왔다.

소년의 마음은 소 같은 슬픈
침묵(沈黙)만 가득했다.

*발표지 미확인

# 제3부

# 남강문학에 발표된
# 시와 기타 발표 시

# 길

내 젊은 날의 갈 길은
너무 많았네
이리 봐도
저리 봐도
모두 가고픈 길
이제
시간이 차곡차곡 쌓이고
추억도 낙엽처럼 쌓여
내가 걸어온 길
오직 한 길 뿐이었구나
그 길은
조금만 헛디뎌도
쓰러질 것 같은
험난한 길
지금은 한곳에 머물러
걸어온 길
뒤돌아본다
지금 나는
내가 가고 있는 길 위에
끓어오르는 열정도
황망한 욕망도

다 내려놓고
어린애 같은
아장걸음으로
여유를 즐기며
한 길로 한 길로 가련다.


- (남강문학 창간호, 2009)

# 바람소묘

지난 가을 떨어진 마른 잎새
새싹 기다리는
3월에도 썩지 않고
바람에 이리 뒤척 저리 뒤척
술렁인다

봄 아가씨 되어 찾아와
수많은 꽃술과
사랑을 속삭이더니

어느새 먹구름 휘몰아 와
쿵쿵거린다

고추잠자리 날던 날 지나고
낙엽 따라 가버린 사랑
님의 발자취 따라
을시년스럽게 쓰벅 거리더니

갑자기
매서운 짐승처럼
윙윙 씽씽

존재의 위력을 나타낸다

바람은
눈도 코도 잎도 형체도 없으면서

언제나 있는 체
자기 존재를 과시하는
무색의 투명체

지금도
창문 틈새로
"나 여기 있어"
스물스물
방안으로 들어온다.


- (남강문학 창간호, 2009)

# 비밀

그것은
입가에 싱긋 웃음 피우는
누구도 깨트릴 수 없는
나만의 보물단지

아무도
넘볼 수 없고
엿들을 수 없고
느낄 수 없는
나 혼자만의 이야기

혹여 터트리면
날 수 없고 부풀지도 못하는 풍선

아직은 아무에게도 보여주지 않은
미완의 작품
나 떠날 때 가져갈
오직 하나의 소유

때때로
마음 열쇠로 열어보는

그것은
삶의 일락(逸樂)
삶의 위안이어라.


- (남강문학 2호, 2010)

# 봄 개나리의 착각

눈 뜨면
어지러운 세상

바람도 어지러워
갈길 모르고

수은주는 날마다
물구나무섰다가
곤두박질하고

노란 고깔모자 눌러쓰고
살며시 밖을 내다보니
이게 겨울인가 봄인가

철 이른 착각
겨울은 칼바람으로
촉각을 곤두세운다

먼 조상 때와는 달리
계절을 예민하게 감지한

내 생명의 시계도
이제 고장이 나고 있는가 보다.


- (남강문학 2호, 2010)

# 내 고향 덕산

크나큰 지리산 자락
그 속에 묻힌 쬐그만 동네
대원사와 중산리 갈라지는 곳
산청군 시천면 원리 서신부락
덕천강 흐르고 아홉산 병풍 펼쳐진
어머니의 품속처럼 따스한 곳

성철 생가 문익점 목화밭 지나
칠정 모랭이 돌아갈 때
설레는 가슴
아련한 추억

뒷동산 소먹이고
도랑에서 가재 피라미 잡다
이마 다친 일
그때의 어린 시절로 돌아가는 나

남명선생 얼이 담긴
산천제(山川濟) 덕천서원
관천(觀川) 할아버지 시 쓰시던 관천대
만폭탄(萬瀑灘)

옛날 대한금속 버스로 예닐곱 시간
그 길이 한 시간 대로 다가왔건만
그래도 자주 못가는 고향

언제나 내 가슴엔
꿈속처럼
한 폭의 그림으로 아른 하고
출렁이는 덕천강의 노래가 있다.


\* 관천 : 필자 조부의 호

- (남강문학 3호, 2011)

# 시인(詩人)은...

시인은 악보 없는 음악가
시인은 화폭 없는 화가
시인은 손짓 없는 언어의 마술사다

감동의 음악을 말로 쓰고
한 폭의 그림을 글로 그리며
귀설은 언어를 창조하기도 한다

시인의 귀는
들리지 않는 소리도 듣고
시인의 눈은
보이지 않는 것까지 투시하는
x-ray 장치 가졌다

시인의 붓끝은
칼을 들지 않은 수술 전문가
만물을 속속들이 파헤치기도 하며
감성의 꼬투리를 잠재우기도 한다

시인은...
- (남강문학 4호, 2012)

# 생명

태고 적 그 옛날부터 있었던 약속
그 날부터 그 날까지
호흡하는
위탁된 방랑자의 끈

그것이 생명이다
그것이 인간의 실존(實存)이다.


- (남강문학 4호. 2012)

# 까만 눈(雪)


천상에서
천사들이
사르륵사르륵 옷 벗는 소리

하이얀 솜사탕
갈래갈래 나풀거리며
하늘 온통
모자이크로 수놓고선
지상에
소복소복
낭만을 사렸으나

들개 같은 바람
이리저리 휘둘러
구석진 음지녘
쌓인 무더기

무더기 무더기마다
온갖 욕망 오염 불신 더러운 것들
옷을 덧 입혀
하이얀 눈

까만 옷
누더기처럼 덮쳐 입었네

칼바람 먼지 독기
골목을 누비고
어디론가 사라진다

내 유녀의 하이얀 추억
찾을 길 없네


- (남강문학 5호, 2013)

# 연리지(連理枝)

산다는 건 오로지 자기를 이기는 일
그러나 홀로 서기에는
너무 힘들어

여기 비탈에 서서
하늘을 우러러
한숨처럼
누군가를 불러 봐도
공허한 메아리뿐

차라리
내려다보이는 물속에
뛰어 들어나 볼까
아니야 아니지

문득
옆으로 눈을 돌리니
비슷한 나의 모습인양
바람에 떨고 있는
한 그루의 나무

있는 힘 다하여
꼭 얼싸 안아나 볼까

의지하며 어울려 같이 살면
힘이 덜 드는 이치
바로 여기 있구나
환히 웃고 있는 아내의 얼굴이 떠오른다.


\*연리지 : 한 나무의 가지가 다른 나무의 가지와 맞닿아 서로 결이 통한 것

- (남강문학 6호, 2014)

# 독백(獨白) 2

그 누가 인생은 순간과 순간이
이어진 시간여행이라 했던가

바지 오른쪽 주머니에서
그 숱한 날처럼
내 가난한 손에 애무당하는 입석버스
거스름 동전 네 잎

꽃이 운다
계절이 바뀌는 하늘을 우러러
서럽게 꽃이 운다

재단된 시간의 층계를 보며
회색의 겨울을 향한
무거운 내 하루의 일상은
엄청난 고독의 에필로그

창밖에 나의 고독을 달래주듯
눈은 내리고
나는
내 인생의 남은 거스름을 위해

계절을 닮아가는 듯 한 또 다른 내일을 위해

그래도 서러운 출발을 알리는
눈인사를 보내본다.


- (남강문학 7호, 2015)

# 병실에서

링거를 주렁주렁
삶의 훈장처럼 달고

주사바늘 하나 찌를 틈 없는
내 가엾은 팔과 손등엔
정맥들의 아우성과

목구멍으로 넘나드는
석슌*의 펌프질

삶과 죽음의 갈림길에서
한 가닥 삶의 빛 붙들기 위한 전장

입, 팔, 다리, 허리의 끝없는 고통으로
시간은 무슨 형벌인양
나를 억누른 기나 긴 여덟 달

드디어 퇴원
개선문 들어서듯
안도와 기쁨을 안고

다시 한 번 병실을 뒤돌아보게 했다

* 석슌 : 목의 가래를 빼내는 기구

- (남강문학 8호, 2016)

# 부산구덕로타리 송가

첩첩 덕(德)을 인 산 모랭이 쯤
양지 바른
원탁에 둘러앉은 우리는

말이 없어도 좋다.
눈빛 마주치면 좋고
손을 잡으면 더욱 따스한 체온

이레 기다려
강물 흐르듯 이어지는 정 모아
오륙도 바라보이는
15층에 둘러앉은 우리는

역사의 실타래를 푼다.
다시 우리는
또다시 역사의 실타래를 감을거다.

낙동 강변 하구 갈대밭
밀려오는 노을을 보며
서 있는 우리는
어둠이 짙어오는 의미를
주머니 없는 수의(壽依)의 의미를 캔다.

*1991. 3. 12 구덕 로타리 주보

# 나룻터에서

강물은 이렇듯 흘러가는데
연륜은 차곡차곡 쌓여만 온다.

사슴마냥 어둠을 밟고
긴
목을 털며
어버이 사십에
날
기다리듯
나는 홀로 서 있다.

아-
종착된 이 나룻터에서
외로운 자욱을 묻고
서툰 정열이 석양에 기우는데
섣불리 지울 수 없는 얼굴이
눈가에
가만히 익어만 온다.

\* 1959년 대학1년 때 쓴 것으로 영남문학회 설창수 시인의 추천작품임.
\* 1991년 5월3일 구덕로타리 주보

# 아내에게
## -결혼 24주년을 맞아


낮에도 불 밝히고
허리 굽혀 드나들던 단칸 셋방에
아이 둘 키우며
학교 나가던 당신

통금시간 직전에
술 한 잔에 시 한 수로
골목 누비며 거나한 나
반겨주던 당신은
어진 냄이, 순냄이,

나가지 말라, 그만두라 일러도
아이들 보고 싶다고 도시락 둘, 셋, 싸 들고
새벽 떨쳐 출근하는 당신은
어디메서 온 천사인가

시동생 넷 칭송에 군소리 한번 않고
아빠 건강 생각하며
등 두드려 주는 당신은
고개 너머 강물에 떠 있는
아늑한 고향

## 제4부
# 유 고 시

# 꿈

산다는 것
꿈꾸어 보는 것

꿈은
현실과 미래를 연결하는
무지개 같은 자리

꿈 가슴 가득
꿈 있어 앞날 열리고
꿈 있어 내일을 본다

꿈을 꾸면 사랑 절로 보이고
사랑의 눈 뜨면
보이지 않던 미래가 더욱 선명하다

살고 살아보는 것
그것이 인간의 실존(實存)이다.

# 구름의 자유

하늘은 그 넓은 무한의 공간에서
구름에게 자유를 선물한다.

크기의 자유
모양새의 자유
색상의 자유
흐름의 자유를

구름은 자유라는 깃발로
변화무쌍하다.

내 마음의 구름도 변화무쌍하다
내 가슴도 각양각색의 구름을
시시때때로 띄운다.

크기, 모양, 색상, 흐름의 자유를

자유를 쳐다보면
나 또한 자유스럽다.

구름 걷히면 하늘이 열린다
하늘 열리면 마음이 열린다.

그 때
나는 창공을 훨훨 나는
한 마리 새가 된다.

# 낙동강 하구언

강과 바다를
가로막는 다리에서
내려다보이는 빠른 물살

그 소용돌이는
예전의 갈대밭 사이로
오가는 나룻배의 낭만도
버린지 오래다

굽은 길을 돌아서
아래로 아래로
수백리 길을 달려가며

이제
만남과 이별의 서툰 몸짓으로
콘크리트 벽에 부딪히는 몸부림

저만치 소용돌이 구석에
망가진 냉장고 하나
허이연 직육면체로
이리 비틀 저리 비틀

때맞춘 강바람은
고통스런 시선 앞에서
또 하나의 물결 이룬다.

# 당신의 목에는

당신의 목에는 노래가 그칠 새 없다
당신의 목에는 지전 소리가 그칠 새 없다.

거울을 마주 보고 분첩을 두드리며
'아이새도우'를 바르며
붉은 장미 빛깔의 피눈물이
그칠 새 없다.

아아
날이 날마다 당신의 목에는
깊은 욕망과 슬픔의 강물소리...

가난과 술과 담배연기가
그칠 새 없다.

# 오늘

내 일생 단 한 번의 오늘
한 번도 얼굴 보지 못했던 오늘

설레이는 오늘
무언가 기대되는 오늘 아침

동녘 햇살은 더욱 빛나고
은근히 신날 것 같은 하루의 시작

문득 좋은 소식 물어와 준다는
유년의 아침까치
추억이 떠오른다.

좋은 일이 생기려나
기대나 하며 살아야지

오늘이 차곡차곡 쌓여
내 일생을 이루는 연륜이 된다.

# 초침

잠 못 이루는 밤
째깍 째깍
초침 돌아가는 소리

예전엔 무심했던
이 소리

아
지금은
야금야금
세월 갉아먹는 소리

그 뉘 있어
가는 세월
멈추게 할 수 있으랴

이 시간에도
초침은 어김없이
제 얼굴 어루만지면서
돌아가는데

내 마음 속 초침은
희미한 옛사랑
어루만지며
자꾸만 거꾸로 가고 있다.

# 종합병원

살아 있다는 생명의 존엄성을
고통으로 버티고

눈앞에
저마다 보듬켜 안은 불청객
내려놓을 곳 찾아
서성이는 사람 사람들

바람이 인다
고통이 뒤척인다.

내가 지닌 아픔
이들 고통 해소시킬 방법은...

못다 베푼 사랑
아픔으로 가슴 시리다.

창 밖에
꽃잎 하나
바람결에 떨어지고 있다.

제5부
## 산 문

허일만 선생의 산문은 주로 부산일보, 마산일보, 동창회보 등이나 주로 신
문에 발표한 게 대부분이다. 특히 부산일보의 '살롱'은 당시 지역의 명망 있
는 지식인들이 쓰는 고정지면으로 독자들에게 아주 인기가 높은 코너였다.

# 비평

　수십 년간 사귀던 친구를 한 가지 잘못을 구실로 하여 인간 이하로 평가하는 수고 있고 학벌이나 직위만 보고 별 볼일 없는 사람으로 단정하는 경우도 있다.

　품행이 단정치 못하다고 해서 그런 사람이 하는 일이면 앞뒤 살펴 볼 것 없이 또 틀려먹은 짓을 한다고 비웃어 버리고 만다.

　게으르고 무식하게 보이던 식당의 그릇닦이 콜린 월슨이 『아웃사이더』란 책을 펴냈을 때 사람들은 작자의 혜안과 노력에 감탄했었다. 그 정도에서 끝났는가 했는데 『아웃사이더를 넘어서』가 나왔을 때는 독자들이 자기평가를 수정하지 않을 수 없게 되었다.

　제임스 조이스가 더블린 사람들이라는 책을 썼더니 더블린 사람들을 모욕했다는 비난이 심해서 나라 밖으로 쫓겨나 30년간 타향살이를 하다 객사 하였다. 사후에 더블린 사람들은 그의 천재를 칭송하고 작품에 찬사를 보냈으며 그에게 경의를 표했다. 아이리시 해안 샌디고읍의 마텔로탑에 조이스의 기념관이 세워졌고 그의 데드마스크, 저서 낭독 레코드가 보관되어 있다.

　순교자, 학자, 예술가 및 수많은 사람들이 당대에는 인정받지 못하다가 이처럼 길고도 변화많은 역사 속에서 살아나 찬연한 명성으로 영원히 살고 있는 예는 너무나 많다. 이는 결국 사람이나 작품을 평가하는 것이 얼마나 어려운 것인가를 깨닫게 해준다.

그럼에도 불구하고 한 사람이 필생으로 노력으로 이룩한 기업이나 한 예술가의 심혈을 경주한 작품을 두고 세상 사람들은 너무 쉽게 얘기 하는 것을 본다.

어느 기업은 정책지원을 받았기 때문에, 또 누구는 요행으로 때를 잘 만나서, 또는 누구의 도움으로 성공했다고 말한다.

기업가의 투자와 경영기술과 노력은 모르고 있는 것일까.

신문 잡지에는 숱한 예술비평이 게재되는데, 전문가라는 비평가들이 각종 작품을 두고 하나의 잣대를 가지고 비평할 때 예술을 이해하려는 사람들에게 당혹감을 준다.

대중가요의 인기순위에서부터 고명한 화가의 작품에 으르기까지, 텔레비전 연속극의 한 장면에서 대작 영화에까지 똑 같은 낱말로 비평이 획일화 되고 있다.

"산만하다, 치졸하다, 고발의식이 없다, 소외된 인간의 재현이다, 좀 더 노력하면 장래가 촉망된다." 등등 이런 몇 개의 단어 배열로 평가되는 예술가와 작품을 보면서 나는 종종 이렇게 생각한다. "예술은 짧아지고 인생이 길어지겠구나."라고.


-영남렌트카 대표


*<부산일보> 살롱. 1982. 4. 1

# 독점욕(獨占慾)

DH 로런스의 「차털리 부인의 사랑」은 한때 금서였다. 외설스럽다는 것이 법정 판결 이유였다.

까짓것 요즘으로 치면 차털리 부인이 대경실색할 일들이 다반사라 역설적으로 부인 자신이 선구자란 자부심도 가질 만하겠지만.

우리가 알기론 서구인들은 성의 자유개방에다 사랑의 표현도 솔직 * 적극적이다. 그런데도 이 작품이 출판금지 처분을 받았다는 건 서구 사회의 일종의 모럴이다.

그들은 같은 계급의 성의 문란(?)은 용납하면서도 타 계급과의 이성교제는 가차 없이 문란죄를 적용시키는 모양이다. 이렇게 보면 차털리 부인은 그 시대의 희생물이 된 셈이다.

이 작품의 전체를 원용하자면 사랑은 성애(性愛)의 만족을 기본조건으로 한다. 차털리 부인이 성적 불구인 남편을 버리고 건장한 산지기를 택하는 장면이 이를 잘 증명해준다.

사람은 어떤 사물이나 대상을 접할 때 소유욕이 생긴다. 이것이 지나치면 강렬한 독점욕에 사로잡히게 되며 드디어는 목표 이외의 주위환경에는 눈이 먼다. 사랑의 결합은 대상과 대상간의 합의된 소유이지 독점은 아닌 것이다.

독점은 일방적인 개인행위인 것이다.

사회란 개개인이 구성원이 된 하나의 집단이므로 개인의 독점욕이 배제돼야 한다. 서로가 서로에 연계되어 커다란 힘을 형성하기 때문에 대상을 인식할 때 우리는 먼저 법 이전에 사회적 모럴을 생각해야 한다. 대상이란 자기를 확인시키는 타인을 지칭한다.

사람은 누구나 상대를 사랑할 수는 있다. 하지만 남녀의 정신적 사랑이 특수한 경우를 제외하고는 허망하게 끝나버리는 예가 허다하다. 그만큼 우리의 신체 구조는 모든 것을 한꺼번에 요구하게끔 정교하게 짜여져 있다.

이러한 사실을 망각하고 자의대로 자기방식을 강요한다면 이건 독점욕이 강한 사람이라 일컬을 수 있다.

차털리 부인이 떠날 때 불구인 남편의 심정은 걷잡을 수 없는 절망이었을 것이다. 동시에 남편은 부인에 대한 강한 독점 충족도 치솟았을 것이다.

그러나 어쩌랴.

사람과 사회 재산은 나 혼자만의 독점욕에 불타는 특정인의 사유재산이 아닌 것을.

*<부산일보> 살롱. 1982년 4월6일.

# 금서(禁書)해제

　당국의 배려로 일부 서적에 대한 출판허가가 용인된 바 있다.

　금서가 출판되자 시중 서점에서 날개 돋친 듯 팔린다고 한다. 그 만큼 폭넓은 학문에 굶주린 사람들이 많다는 증거다.

　마르크스주의와 사상이 우리나라에서 금기로 된 것은 국책 때문이다. 한때 우리는 마르크스라는 말만 들어도 경직되는 상황에서 살았다. 일종의 학문의 폐쇄성 속에서 우리는 숨을 쉬며 그것을 후세대에 가르쳤던 것이다. 분단국이란 특수 현실 때문도 있었지만 6.25를 겪으면서 더 한층 학문분야의 일방통행을 했던 것이다.

　오늘의 사회사상의 흐름은 사회학이 거의 지배한다 해도 지나친 말은 아니다. 탈트 파슨즈를 태두로 삼는 사회학은 여러 가지 주장이 있으나 요약하면 전체 사회구조의 재구성에 중점을 두고 있다.

　역사, 과학, 정치, 경제, 인류학 등 전반에 걸친 학문을 사회학은 포용하고 있다.

　사회학이란 용어는 콩트에 의해 발명되었다. 이 학문은 비판적이든 어떻든 그 맥락이 마르크스에 이어진다.

　주지하는 바와 같이 마르크스 이론은 역사발전 단계로서의 계급이론, 생산과 잉여 가치설로서의 경제이론, 철학으로서의 소외이론을 주축으로 하는 학문이다.

교육계에서도 이 세 가지 이론에 대해 학생들에게 선의의 방향으로 중점 교육시킬 계획이라고 한다.

늦은 감은 있으나 옳은 처사라고 생각한다.

맥루헌은 현대사회를 지구촌이라 명명했다. 우리는 매스미디어의 영향과 교통수단의 발달로 지구촌이라는 한 마을에 사는 가족인 것이다.

그렇기 때문에 우리는 이웃집에서 일어나는 정보를 그 가족의 일원으로 동시에 알게 된다. 만일 마을의 한 가족으로서 이웃의 일이나 마을에서 일어나는 일 즉, 정보사회에서 정보에 어둡다면 이건 예사 문제가 아니다. 매스미디어 사회의 일원이기를 거부한다면 자연인으로서의 원시상태로의 몫은 단단히 할지 몰라도 우선은 현대인으로서의 패배감을 맛보아야 한다.

통일된 개념을 파악하기 위해서는 전체에 대한 개관이 있어야 한다.

이런 점에서 금서 해제는 좋은 현상이며 우리의 지적수준 향상을 위해서도 안목 있는 처사라 아니할 수 없다.

우리는 많이 배우고 많이 알고 많이 보아야 한다. 그래야만 남에게 뒤지지 않는다.

-영남렌트카 대표

*<부산일보> 살롱, 1982. 4. 22

# 건망증

대체로 우리나라 사람들은 머리가 우수하며 근면하다고 한다. 그러나 각자 개인의 일에는 두뇌가 우수하고 부지런한지는 모르나 여러 사람과 관계있는 일에는 건망증이 심한 것 같다.

예를 들자면 차례대로 줄을 서자고 수백 번 외치고 야외에서는 쓰레기 버리지 말자고 자연보호 운동을 몇 년 째 계속하건만 날이 갈수록 차례로 줄 설 줄 모르고 산야에 쓰레기 더미는 더 많아진다. 옛말에 천재는 건망증이 심하다더니 온 민족이 모두 천재라서 그런 건가고 생각하면 할 말이 없다.

옛날 할머니들의 기억력은 우리를 놀라게 한다. 수십 명 중손자들의 생일생시에서부터 고조 할아버지 제사날짜까지 기억하는 정도는 보통이고 국판 4-5백 페이지는 될 길고 긴 가사를 암송하고 춘향전을 왼다.

학창시절에 수천 개의 영어단어를 외고 수학의 공식이며 원소 주기율표를 열심히 공부했건만 학교 졸업과 동시에 깡그리 잊어버린 나로서는 기억력 좋은 사람을 보면 부럽기 그지없다.

수백 명 동창생 이름은 물론이고 수십 개 전화번호를 암기하고 수백 종류의 상품을 진열해 놓고 매입가격, 판매가격, 에누리 해줄 가격을 품목마다 알고 있는 사람들은 기억력 그 자체가 재산이고 사업능력이어서 수시로 장부나 메모한다. 성공하기 쉬울 것이다.

사람이 한평생 살면서 보고 들은 것 잊지 않고 다 기억해서 좋을 것도 없을 것이다.

세월이 가면서 적당하게 망각증세가 있는 것이 좋다고 '세월이 약'이라는 말까지 잊지 않는가.

세월이 가더라도 잊지 말아야 할 것이 있다면 사회질서와의 약속일 것이다. 길에 담배꽁초를 버리고 나서, 운전기사가 위반을 하고나서, 기업주가 탈세를 하고 나서 건망증 때문에 그렇게 되었다고 변명 할 수 있을까.

-영남렌트카 대표

*<부산일보> 살롱, 1982년 4월26일.

# 우리가족의 주말

한 주일 동안 눈코 뜰 새 없이 바빴으면 주말에는 가족과 함께 지낼 수 있는 시간이 있어야 하는데 세상일이란 묘하게도 바쁜 사람에게는 주말마저 더 바쁘도록 되어 있어서 가족과 함께 주말을 보내는 것은 한 달에 한번 정도가 고작인 형편이다.

생각이야 가족등산도 한번 가고 낚시도 가고 부곡이나 마금산 같은 멀지않은 온천도 가고 근교의 사찰로 가서 공부에 시달리는 아이들 심신을 풀어주고 싶지만 매양 헛 약속이 되고 말았고 아이들도 머리가 커지니까 웬만큼 훌륭한 프로그램이 아니면 아빠 엄마만 놀다 오세요 하고 생각해주는 척 하면서 빠지려 한다. 2,3년 전만 해도 토요일인데도 아빠는 왜 늦게 오느냐, 일요일인데 왜 출근하느냐고 보채더니 이제는 숫제 우리 가족의 주말계획은 포기한 상태에 있으니 내 쪽에서는 고마운 느낌보다 오히려 미안스러울 지경이다.

그렇다고 사업한답시고 소중한 주말을 언제나 가족을 팽개치고 가족들은 내가 없다고 해서 TV만 쳐다보고 월요일의 모의고사 준비만 하는 것은 아니다. 애들 엄마가 오랫동안 교직에 있었기 때문에 내가 없어도 즐거운 주말을 잘 엮어 오고 있었고 나도 웬만하면 가족과 어울리려고 애를 쓰고 있다.

그런데 내가 주장해서 가족이 몽땅 나설 때는 거의 드라이브를 겸한 의식을 하게 된다. 일요일 아침에 대충 집안에 손볼 것을 보고 11시쯤에 집을 나서면 점심 먹기에 알맞은 시간에 닿는 곳이 목적지가 된다. 언양의 불고기집, 고리원자력 발전소 가는 바닷가의 생선 횟집들, 용원의 새우집, 마산의 아구찜이나 때로는 내 고향인 진주까지 가서 진양호반의 매운탕을 먹고 돌아오는데 좋게 말하면 식도락이고 솔직하게 말하면 밤낮없이 돌아다니느라 가정에 소홀했던 내 자신의 속죄풀이가 되는데 그래도 가족들이 즐거워하는 표정을 보노라면 모든 피로를 잊게 되고 그 시간에 다시 생업에 대한 새로운 의욕을 느끼게 된다.

요즘은 우리 집 사람이 운전을 곧 잘 해서 집으로 돌아갈 때는 핸들을 넘겨 줄 수 있기 때문에 그 즐거운 외식시간에 나는 집사람과 아이들이 부어주는 소주에 얼큰하게 취하는데 그래서 귀가길의 차 안에서 우리는 합창을 하게 된다. 밖에서는 나를 음치라고 하는 친구도 있지만 우리 가족끼리 차 안에서 부르는 노래는 알량하게 카세트에서 흘러나오는 유행가 정도는 얼마든지 무시해도 좋은 생음악이 된다.

지난 번 4월 마지막 일요일이었던가, 그날은 비가 오는데도 우리는 일광 바닷가로 갔었다.

생선 횟집의 창에 제법 굵은 빗줄기가 부딪히고 있는데 우리 아이들은 비를 맞으며 바닷가를 거닐고 있는 것을 바라보고 애들 엄마가 말했다.

"다 키웠지요."

그렇다 애들은 어느 틈에 다 커서 파도만한 힘으로 우리 쪽으로 달려오고 있었다. 우리들의 일요일 날에.

-영남렌트카 대표
*<부산일보>,

# 사훈(社訓)

40대 초반의 사람이 초등학교 입학 연령이었을 때 학교에서 맨 처음 배운 게 교가와 교훈이다. 이 둘 중에서 교훈은 그 학교의 전통성을 담고 있다.

학교의 교육향방 즉 목적은 주로 교훈에 담긴 함축성 있는 글귀에서 비롯되는 것이다.

또한 어느 관청이나 가정을 가 보아도 관훈과 가훈이 있기 마련이다. 어떤 것은 음미해 볼만 하고 대부분은 충효사상에 관한 것이 압도적이다. 우리나라의 전통사상이 유교에 바탕을 둔 군신관계 때문인지 아니면 가훈도 시대의 변천상을 나타내 주기 때문에 그런 건지는 확인할 길도 없고 필요도 없다.

그 뿐인가. 요즘은 웬만한 회사의 문을 밀고 들어가도 거기에는 사훈이란 게 벽에 떡 붙어 있어 방문객을 압도한다.

사훈이 사업의 성패에는 별 영향이 없는데도 사업자등록증 같이 필요불가결한 것으로 인식되어 있다. 글귀는 성인들의 말씀이 대부분이어서 이것대로 실현된다면 사회는 얼마 안가 지상천국이 될 것이다.

나도 사업이란 걸 벌여놓고 사원들에게 애사심을 불러일으키려고 남에게 뒤질세라 사훈이라는 걸 구상, 벽에 내 걸었다. '찾자, 뛰자, 맺자'다. 찾자는 고객을 왕으로 모시자는 의도고 뛰자는 써비스 만점으로 빠르고 안전하게 운행하자는 뜻이며 맺자는 고객을 우리와 형제관계를 지속하기 위해 우리의 노력과 헌신을 아끼지 말자는 의미다. 이건 불황타개의 일환이기도 하지만 고도한 서비스정신을 함축한 것이다.

그런데 첫 성과는 뜻밖에도 엉뚱한(?)데서 나타났다.

어느 날, 항상 우울한 표정만 짓고 다니며 실적도 시원찮던 총각사원 한 사람이 활짝 웃는 낯으로 사무실로 들어섰다. 그는 사훈을 마음속에 꼭 새겨 뛰었더니 좋은 신부감을 얻어 결혼하게 됐다는 것이다. 그러면서 그는 회사문제가 아니고 개인문제라서 미안하다며 주례를 부탁했던 것이다.

정말 뚱딴지같은 그 사원 일신상의 문제지만 훌륭한 축복을 해야 할 사업성과였다. 나는 흐뭇했다.

그렇다. 기업도 기업주만을 위해 경영되어서는 안 되겠구나. 기업이윤은 전체 사원의 피땀이 아닌가.

나는 쾌히 총각사원의 주례를 승낙했던 것이다.

-영남렌트카 대표

*<부산일보> 살롱.

# 통계(統計)와 통계(痛啓)

몇 개월 전 세계에서 한국 사람들이 술을 가장 많이 마신다는 엉터리 통계가 발표된 적이 있다. 이때 너무했다고 반성하는 사람들이 있는가 하면, '모두들 그렇게 열심히 마셨는데 나는 무엇 했던가'고 남 따라 마시지 못한 것을 부끄러워하며 늦게나마 애주하는 민족에 동참하려고 술집을 찾는 친구도 있었다.

얼마 전에도 역시 미국 쪽에서 반갑잖은 통계가 나왔다. 세계에서 택시가 제일 엉망인 곳으로 이 나라의 수도 서울이 뽑혀 있었다.

요즘은 또 어느 도시의 통계표에 인구증가수를 사망자 숫자난에 잘못 기록을 했다하여 한 차례 시끌 했는데 컴퓨터 전산 시대에 이렇게 나라 안 팍의 통계들이 우리들의 체면을 구겨버린다면 통계는 고통을 깨우쳐주는 통계(痛啓)로 쓸 수밖에 없겠다.

그런 낯간지러운 통계보다는 쭉쭉 뻗어가는 성장을 보여주는 경제기획원의 통계를 보는 게 기분 좋을 것 같아서 스쳐가며 보았더니 웬걸 여기도 찝찝한 게 있었다. 광공업 통계에 전국 시도별 종업원 1인당 부가가치 생산액이 부산은 연간 500만원으로 전국 820만원에 크게 못 미치는 최하위요, 인접한 경상남도가 1천2백만 원이니 부산은 경남의 절반도 안 된다는 기록이었다.

오늘날 선진국들은 자기들에게 이윤이 많은 첨단가술산업에 역점을 두면서 노동집약산업은 후진국으로 미루어 값싼 것은 수입해 쓰고 자기들이 생산한 고가의 제품은 후진국으로 수출하여 나라 간에도 부익부 빈익빈의 현상을 두드러지게 하고 있다.

국제간에 그러하듯이 한 나라 안에서도 상공업이 발전한 대도시는 부가가치가 높은 제품을 생산하려고 산업기술을 발전시켜 고가공형으로 나가는데 선진도시 상공업도시 부산의 부가가치가 그 통계대로라면 부산의 산업구조에는 무언가 이상이 있음에 틀림없다.

왜 우리 부산의 종업원들은 부가가치가 낮은 일만 하는가.

분명한 것은 대중가요를 즐기는 사람이 값비싼 오디오를 필요로 하지 않듯이 문화에 대한 애착이 없는 기업인에게서 훌륭한 상품이 나올 수 없으며 의욕 없는 근로자로부터 부가가치가 높은 제품의 생산을 기대 할 수 없을 것이다.

다행인 것은 최근 부산의 뜻 있는 젊은 기업인들이 근로자들의 문화수준을 고양하려는 운동을 전개하고 있다. 기업인들이 부산의 문화예술 발전에 기여 한다는 것은 곧 근로자들의 산업문화 수준을 향상시키는데 직결되리라고 믿어진다.


-부산상공회의소 회원


*<부산일보> 살롱.

# 소문난 도시

어느 중학생을 보고 "부산에는 어떤 공업이 유명한가?" 하고 물었더니 "연탄공업이요" 라고 서슴지 않고 대답한다. 항구의 중심에 연탄부두가 있고 도심지나 주택가에 연탄공장이 있으니 그런 대답이 나오는 것도 무리는 아닌 것 같다.

사실 부산은 대한민국 제2의 도시, 아니 우리나라 관문으로 불리지만 나는 그렇게 불려 질 때마다 웬지 송구스런 느낌이 들 때가 많다.

나라의 관문도 김포공항이라는 게 적절하고 제2의 도시, 상공업 도시라는 말도 듣기야 좋지만 공장이 밀집해 있는 사상 지역마저 명실공히 공단으로 제대로 혜택도 누리지 못하는 실정이고 보면 더욱 그런 느낌이 드는 것이다.

한때는 부산의 합판이나 신발 제조업이 세계적으로 유명했다. 그러나 지금은 이들 기업이 국제 경쟁력에 힘겨워 허덕이고 있는 실정이 아닌가. 또한 지금껏 흔히 보아온 것이지만 큰 기업들 가운데는 부산에서 기반을 닦아 서울로 가지 않아도 될 터인데도 이 고장을 떠나 서울 쪽으로 옮겨가고 있는 예가 너무나 많다.

그렇다고 부산 상공업의 내일이 어두운 것은 아니다. 부산만큼 상공업도시로서 입지조건이 좋은 곳이 이 나라에 어디 있는가. 수출 제일의 항만이 있어 원자재 수송이 편리하며 기술 인력도 넘치고 있다. 정부와 기업가가 외면하지만 않는다면 어떤 사업을 하더라도 잘 될 수 있는 곳이다.

더구나 지금 부산에는 낙동강 하구 공업단지 조성을 추진 중에 있다. 가까이에 울산 창원 구미 등의 공업단지가 있기 때문에 부산의 하구 공업단지는 부산지역의 특성을 살리고 또 주변의 공업단지와 보완관계를 이룰 수 있다.

따라서 기계조립 공장이라든지 전자제품이나 자동차의 부품을 생산하는 공장을 육성발전 시킬 계획이다. 그래서 울산이라면 조선공업, 대구의 섬유공업, 디트로이트의 자동차공업처럼 부산에도 세계적인 부품공업이 형성되어야 할 것이다.

기계 부품뿐만이 아니라 입지조건으로 봐서 부산에서는 어떤 기업을 벌여도 잘 될 수 있는 곳이므로 하구 공업단지 조성으로 기대가 부풀어 있는 부산을 위해서는 부산에서 모아진 저축은 부산에 재 투자 되는 일이 우선 되어야 겠다.

갈매기만 날고 동백꽃만 핀다고 잘 살 수 있는 도시일 수는 없다. 또 입지조건이 좋고 공단지역이 만들어졌다고 해서 상공업도시가 되는 것도 아닐 것이다.

만해의 시에 "타고 남은 재가 기름이 됩니다."라는 구절처럼 이 고장 기업인은 이 고장에서 스스로를 태워 발전의 축을 돌리는 기름이 되어야 할 것이다.

*〈부산일보〉 살롱. 1985. 6. 4.

# 마음의 색깔

우리는 살아가면서 시간의 흐름 속에서 오는 변화를 의식하지 못하고 지내다가 어떤 작은 일을 계기로 주위환경과 신체와 마음에 많은 변화가 있었음을 느끼고 스스로 놀랄 때가 있다.

시간의 흐름은 모든 것의 변화를 가져오기 마련이다. 그래서 밝고 화려했던 색깔은 추하게 바래지며 몇 날 밤을 새워도 지칠 줄 모르던 건강했던 구릿빛 신체는 단 몇 시간의 설친 잠으로도 파김치 되듯 하고 티 없이 순수하고 아름답던 마음들은 세상사에 시달려 갈수록 이기적이고 세속화되면서 찌들어지는 것을 어쩔 수 없다.

도시의 하늘이 누렇게 변하고 보기만 해도 가슴 후련하던 부산의 푸른 바다 또한 변하고 있다.

이렇듯 우리는 자신과 주위가 엄청나게 변해버린 것을 느끼고는 이런 급변에 대처하려고 애쓴다는 것도 오히려 변화의 속도를 채찍질할 뿐이다. 문명의 이기를 생산하는 공장들은 대기를 오염시키고 모처럼 찾아간 자연은 자연을 사랑한다는 사람들에게 시달려 몸살을 앓고 있다. 100만대를 주파한 자동차의 질주는 걷지 않는 발을 만들어 온갖 성인병을 유발하는 원인이 되고 전화의 다이얼은 참으로 정이 흐르던 편지 한 장을 쓸 수 없는 손으로 만들었다. 고전음악을 들으며 잔잔하게 정담을 나누던 연인들은 소음 같은 전자음악에 귀와 몸을 흘려

보냈다. 고향같이 고운 일몰의 정관을 바라보며 거닐던 을숙도 갈대밭이 드라이브코스로 바뀐 것이 그 실례이다.

어린 시절 끼니를 거르던 짝꿍에게 남이 볼세라 몰래 건네 줬던 도시락에 담긴 아름다운 마음은 어디로 흘려보내고 이제는 세상이 이러하니까 모든 것이 변하였다는 쉬운 말로 우리의 가슴 밑바닥에 있는 아쉬운 마음을 호도할 수 있을까.

성경에 어린 아이의 마음과 같지 않으면 천국에 갈 수 없다고 가르친 것처럼 우리들 어린 시절의 마음의 색깔로 돌아갈 수 있다면 신체나 세상의 변화쯤이야 두려울 게 있으랴.

먼 훗날에 왜 이렇게 변했을까 하고 더 큰 후회를 하기 전에 우리는 지금의 변화를 직시하고 아름다운 것은 영원히 아름답도록 붙잡아 두려는 끊임 없는 노력이 있어야겠다.

–부산상공회의소 의원

*부산일보, 1985. 6. 10.

# 가깝고도 먼 사람들

얼마 전에 12년 동안이나 중단되던 남북적십자회담이 재개되었다.

북측 대표가 서울에 머무르는 동안 시시각각으로 매스컴을 통해서 전달되는 회담의 내용과 회담장 주변에서 흘러나오는 소식이라면 그야말로 '안광이 지배를 철'할 만큼 주의를 집중시켜, 두고 온 가족과 친지들을 만날 수 있는 계기가 마련되기를 가슴 죄며 지켜본 것이다.

아무리 그들이 우리와는 이념과 체제를 달리한다 할지라도 이렇듯 우리의 환대가 진실하고 이산가족의 재회, 나아가 평화통일에의 열망이 간절한가를 조금은 공감한 것 같은 그들의 표정에서 그래, 이번엔 뭔가 좋은 소식이 있겠거니 하는 일련의 기대감으로 약간의 흥분마저 감출 수 없다. 그러나 그런 기분도 잠깐이었다. 그들이 돌아간 며칠 후에 남북적십자회담에 관한 상투적이고 허구에 찬 비방의 북측의 보도가 있었다는 뉴스를 접하고는 허탈감과 실망을 금치 못했다.

그들이 타고 온 자동차는 한 시간 남짓으로 서울에 도착했고 또 그토록 만나고 싶어 하는 동창생들에게 말 한마디 않은 채 1시간을 달려 판문점을 넘어갔는데 이산가족이 가야할 거리는 도대체 얼마나 먼 거리길래 이토록 발을 동동 굴러야 하는 가를 생각해보지 않을 수 없다. 그러나 한편으로는 우리 또한 가까운 사람들을 정녕 멀지않은 먼 사람들로 살아가고 있지는 않는지를 생각지 않을 수 없다.

지금은 부산 모 대학의 교수로 재직하고 계신 초등학교 6학년 때의 은사님을 졸업 후 30여년이나 지난 작년 겨울에 만나뵌 기억이 새롭다. 저녁식사를 함께 하는 자리였는데 선생님께서는 그때의 졸업앨범을 가지고 오신 것이 아닌가. 그 옛날 코흘리개 친구들의 기억을 일일이 되살리면서 그리도 흔쾌해하시던 선생님의 모습에서 나는 정말로 가까이 계시는데도 자주 찾아뵙지 못한 송구스러움으로 얼굴이 붉어졌었다.

어디 그런 경우가 은사님뿐이었던가. 때때로 걸려오는 반가운 분들의 전화를 받을라치면 당장이라도 달려가 덥석 손을 맞 잡고 정담을 나누고 싶지만 잡다한 사정으로 그러지 못함이 안타까운 때도 있다. 아쉬움은 그뿐 아니다.

신경과를 개업한 절친한 친구를 찾았다가 지긋하게 있고 싶었음에도 기다리는 환자들 때문에 빨리 자리를 떠야 함이 아쉬움이요, 사업상의 이유로 빈번하게 늦은 귀가 때마다 기다리는 아내에게 다정한 말 한 마디 잘 건네주지도 못하고 피곤하다는 핑계에 대한 안스러움 또한 그렇지 않은가.

다정한 사람들이여!

부디 멀어서 먼 사람도 되지 말고 가깝고도 먼 사람은 더욱 되지 말고 멀어도 가깝고 가까워도 더욱 가까운 사람들로 살자.

\*<부산일보> 살롱. 1986. 6. 16.

# 극과 극의 생활

　사람이 살아가는 모두가 발전의 연속이라고 볼 때 내가 졸업한지 20년이 지난 모교(母校)가 어찌 발전하고 나아짐이 없을 수 없겠지만 무릇 발전이란 객관적(客觀的)으로 비교되어야 그 가치의 평가가 될 수 있을 것이다. 나의 進步보다 남이 한 걸음 더 나아갔을 때 즉 그 템포가 느릴 때에는 그것은 진척이나 발전이라고 보기에는 쑥스러울 것이다.

　내가 졸업한 모교의 발전을 그린다는 것은 어쩌면 자화자찬의 격(格)이 되지 않을까 싶기도 하다. 부끄럽게도 졸업 후 학교를 찾은 것은 졸업증명서(卒業證明書)나 성적증명서(成績證明書)를 발급받기 위해서 두어 번뿐이었으니 그 후의 소식은 간간이 부쳐져 오는 부대신문(釜大新聞)을 통하여 들었을 뿐인데, 도서관이 신축되고 또 여학생회관이 개관되고 학과가 신설된 것은 놀랄 일은 못된다. 입시의 경쟁률이 치열해 졸업생의 취업률이 높아지고 있다는 소식도 들었다. 당연한 일이다.

　모교의 가장 자랑스러운 점을 얘기하라면 나는 나의 후배들을 제일 먼저 말하고 싶다. 이유는 가장 현실을 직시(直視)할 수 있는 현명(賢明)한 학생들이라고 보기 때문이다. 주변의 동요에도 자신이 흔들리지 않고 묵묵히 본분을 지킬 줄 알고 靜的이면서도 말없이 抵抗하고 지성으로 대화 할 줄 알고 가장 타산적이면서도 허술한 면이 보이고 멍청한 멋쟁이들로 나는 보았기 때문이다.

대학은 인적 구성체로 보기에 여러 가지 시설(施設)도 좋고 학풍이나 전설도 중요하지만 그 구성요소(構成要素)인 학생들이 무엇보다 알차야겠다는 데 때때로 대하는 부대생들은 여러 모로 뜯어보아도 품위가 있어 보이는 것이 그 만큼 학교가 발전해졌다고 점치는 내 생각이 잘못은 아닐 거라고 자부하고 싶다. 대학생으로서의 품위는 학문하고 인격을 도야하는 과정(課程)의 범위 안에서 생활하며 멋을 즐기는 것으로 보는데 부대생들은 요란스럽지 않고 수수하면서 멋을 즐길 줄 알고 노는 것 같지만 사고하고 공부하는 학생들로 보고 있다.

세대(世代)가 다르고 따라서 사고방식도 시류를 타고 변하는데 선배라고 후배에게 부탁이나 조언(助言)을 하라하면 내가 뭐라고 말할 수 있겠나. 누구나 할 수 있는 고지식한 얘기는 아예 하고 싶지가 않아 값진 대학 4년의 생활 중에 하루하루를 의식적으로 꾸려나가는 힘든 일이라고 보기에 크게 4년 동안에 생활방법을 마음속에 정하고 그대로 나아가는 것이 현명하다고 본다.

내가 생각하기로는 극과 극의 생활을 동시에 하면 어떨까 싶다. 예컨대 놀면서 공부하고 허술하면서 타산적이고 멍청하면서도 얕보이지 않는 기지가 있고 유머러스한 생활이 얼마나 대학생답고 멋이 있을까 하고 생각해본다. 친구와 싸우고 그 자리에서 손잡고 이해하마, 도시락과 포마드와 책이 가득한 가방을 들고 다니다 산과 들에서 파티에서 또 도서관에서 적재적소에 필요한 물건을 꺼내 쓸 줄 알며 고무신도 신을 줄 알고 구두도 신을 줄 알며 뺏으려다 빼앗겨 줄 수도 있고 위기에 처했을 때 옷 주고 웃을 수 있는 그런 여유 만만한 대학생활, 그런 자신 있는 대학생활이 되면 아무리 어려운 사회생활도 무난히 해 나갈 수 있지 않을까 생각된다.

날로 발전하는 모교 더욱 모교를 빛내줄 후배들이 배출되기를 원하는 것은 모든 졸업생들의 같은 심리가 아니겠는가.

지난 대학 4년을 돌이키면 아쉽고 지금 보는 대학생들은 부끄러운 아무래도 내가 지금 생각해보는 그런 대학생활을 못해서 일까. 개교 29주년을 맞는 모교의 발전을 빌며 모두들의 정진을 또 빈다.

-1963년 무역과 졸, 서부교통 상무이사.

*부대신문이나 동문회보 등에 실린 것으로 보임.

# 무직(無職)홀

'클라식'에서 '트위스트'까지 흘러나오는 음악실은 그대로 지성층(知性層)이 드나드는 곳이리라. 그런데 이곳의 지성층은 클라식에 눈 감을 줄 모르고 신나는 트위스트에 몸 흔들지 못하는 모양이다. 사색(思索)에 잠긴 표정은 결코 아닌 듯 하고 오히려 사색이고 「뮤직·홀」이 아니라 「무직(無職)·홀」인가 보다. 그러기에 저 구석 저 친구는 매일 저길 독점하고 또 바로 여기 이 친구도 죄 없는 담배만 들 뽁고, 지금 들어서는 저 친구는 제법 베레모를 쓰고 '프레이아'와 인사까지 나누는구나.

어떻게 실존주의 작가의 시조(始祖)라 불리우는 프란쯔 카프카는 그의 걸작 변신(變身)에서 제1조에 벌레로 변신한 주인공 「그레고리·잠자」가 房에 감금당했다가 누이의 바이올린 소리를 듣고 사력으로 자기 방에서 기어 나오는 장면을 빌어 "이렇게 음악을 듣고 감동해도 그는 벌레란 말인가" 하고 절규한다.

「그레고리·잠자」와 같이 자기 방을 차고 나와 음악을 듣듯 사색에 풀려나와 사색으로 돌아가고 「무직·홀」을 박차고 나와 「뮤직·홀」로 향할 때에 이들은 베르텔의 비련(悲戀)에 가슴으로 울 줄 알게 되고 엠마의 허영(虛榮)에 시달리는 보봐리의 고난에 동정할 줄 알게 해도 종언은 아니 된다.

*마산일보

# 간사장을 맡으면서

초대 강갑중(姜甲中) 간사장(幹事長)의 뒤를 이어 금번 부경회(釜經會)의 간사장이란 중책을 맡으니 일을 초작(初作)도 해보기 전에 지레 겁부터 나고 얼떨떨하기만 하다. 부산의 기라성 같은 기업경영자(企業經營者)의 單體요, 현재는 三百名 남짓한 회원이지만 앞으로 해마다 壹百名 회원이 자동적으로 증가될 모임이니 만큼 현재가 동창회의 튼튼한 기반을 다져야 할 시점이란 것을 생각 할 적에 어떻게 이 벅차고, 어렵고, 반면, 보람 있는 일을 해 나갈 것인가 하는 생각에 더욱 어깨가 무거워지는 것이다.

새로운 經營智識을 습득하고 實際 經驗을 통한 아이디어의 교환, 산학협동의 증진을 設立취지로 한 EDP科程의 修了 동문들은 부산經濟를 이끌고 가는 견인차의 役割을 다하고 있으며 또한 經濟뿐만 아니라 사회문화 등 다방면에서도 생활상은 실로 다양하게 우선 부경회보(釜經會報)라도 제대로 틀이 갖추어질 수 있도록 해서 동문들의 활동을 서로 알게 하고 학교와의 가교역할을 할 수 있도록 해야겠다고 마음 가진다.

독일의 시인 쉴러(F. Schille)가 "나무가 아무리 자라도 하늘에 닿을 수 없다."고 말했듯이 나무가 아무리 자라고 자라도 하늘 끝에 닿을 수 없음을 말 한 것은 아무래도 완전이란 있을 수 없다는 것을 말한 게 아닌가 싶다. 자라도자라도 완전히 어려운데 우리 동창회의 짧은 역사로 무언가 큰 것을 바라는 것은 아직도 시기상조겠지만 우선 모든 조직과 체계를 튼튼히 다지는 일들이 최우선 과제라 생각하며 모든 회원 여러분들의 뜨거운 관심과 정성이 무엇보다 더욱 절실히 요청된다.

*EDP 회보 중 제2호 1985. 8.1.

# 맛과 멋

음식은 맛이 있어야 하고 사람은 멋이 있어야 된다고 했는데 요즘은 맛보다는 영양을, 멋보다는 실리를 찾는 경우가 많아졌다.

가난하던 시절에야 배만 부르면 됐었다.

이웃에 잔치라도 있으면 사흘 굶고 찾아가서 국수를 아홉 그릇이나 먹은 사람이 있었는데 옆 사람이 보다 못해 "한 그릇 더 먹어라"니까, 그 양반 대뜸 화를 내며 "내가 소(牛)인 줄 아느냐!" 하고 문밖으로 나가다가 문지방에 걸려 넘어졌다나, 그가 일어나며 투덜거리기를 "가루 음식은 역시 근기가 없단 말이야" 그랬다던가.

그러나 요즘은 맛이 있다고 많이 먹지 말아라. 장수의 비결은 소식에 있으니 조금 먹되 칼로리가 충분한 음식을 섭취하라고 한다. 이쯤 되니 먹는 맛으로 산다거나 먹기 위해서 산다는 얘기는 부끄러운 소리 비슷하게 되었다.

그래서 먹는 맛보다는 멋지게 살아보자는 생각들인데, 멋이란 아름다움 하고, 같은 것이지만 겉으로 꾸며서 되는 게 아니고 안으로부터 풍겨 나오는 아름다움이어서 멋 내기란 돈으로도 안 되고 권력이나 배짱으로도 될 수 없으니 여간 어려운 일이 아니다.

귀공자 같은 용모에 값비싼 의상을 감아도 햇볕에 그을린 촌부의 건강한 멋에 따를 수 없으니 사치나 꾸밈과는 정반대

편에 멋은 있어서 쉬운 듯하면서도 어렵고 가까운 듯하면서도 먼 곳에 있어서 누항의 필부로서는 멋쟁이 되기가 무지개 잡는 일만치나 어렵다.

교양을 쌓아볼까 하고 서가의 책을 뽑아보니 고전 명저는 어쩜 그렇게 어려우며, 미술작품을 감상하려니 추상화는 알 수가 없고 동양화의 산수화조는 내 눈에는 미인대회에 출전한 미녀처럼 왜 그렇게 비슷한지.

이쯤 되면 밖에 나가서 고상하게 보이기는 싹수가 노랗기에 집에 앉아서 흘러간 노래를 들으며 볼펜으로 낙서하듯 창변의 난초를 스케치 하고 있었더니 아이들이 보고 "야아, 우리 아빠 멋쟁이!"라고 비행기를 태우기에 기분이 좋아서 가족들 데리고 외식을 하기로 했었다. 소문난 음식점이다 하면 손님이 와글와글 하기 마련인데 그날 우리 가족이 갔던 음식점도 초만원이었으나 만원사례 간판은 없었다.

가족들은 적게 먹어야 몸에 좋다는 애기도 모르고 게걸스럽게 먹기 시작했다. 아아, 멋없이 먹고 있는 우리들의 옆자리 손님들이 말하는 소리가 들렸다.

"저 가족 봐요, 고기 굽는 아빠, 정말 멋있어!"

이러하니 제 멋에 살 수 밖에는.


-영남렌트카 대표


*부경회보 제3호. 1985. 9.10.

# 나와 EDP

부산 유일의 국립종합대학인 부산대학교에 EDP과정이 설립
되었다는 소식을 듣고 입학하고 싶어 하던 차에 당시 경영대
학원 敎務科長職에 있던 나의 대학시절의 친우인 서근태(徐根
太) 박사의 조언과 주선으로 나는 그리 어렵지 않게 입학의 영
광을 얻게 되었다. 대학을 졸업한지 20여년 만에 다시 학생이
되어 배움의 길로 들어서는 것이 가슴 설레게 하였을 뿐 아니
라 그동안 녹슨 머리를 다시 돌리고 새로운 학설(學說)을 接
하고 책을 가까이 할 수 있다는 점에서 만도 充分히 가치가
있을 것으로 여긴 것이 결과 그 이상이었으니 마음은 흐뭇하
기만 하다. 매주 화, 목요일은 천하 없는 일이 있어도 만사를
팽개치고 땅거미 짙어질 때 학교로 가서 밤늦게 돌아왔지만
피곤한 줄을 몰랐다. 강의실에 들어서면 백제갑(白濟甲) 회장
님께서 정성들여 마련한 저녁식사(초밥)는 허기진 배를 충분히
채워주었다. 시간이 늦으면 그 밥을 먹지 못해 늦게까지 뱃속
의 쪼르륵 거리는 소리를 들어야만 했는데 지금 생각하니 당
시의 백회장님의 그 정성이 그렇게 고마울 수가 없다고 느껴
진다. 이런 식사 제공이 우리 다음 기에도 누군가에 의해 계속
되고 있는지 궁금하다.

입학한지 얼마 되지 않아 第一機械(株)의 강종대(姜鐘大) 사
장댁에서 만찬이 있다고 전학생들을 초청했다. 땅의 평수 보기
를 잘 모르는 나의 눈에는 그 정원이 몇 평이나 되는지는 모

르겠지만 그곳에서 우리는 부부동반으로 노래도 부르고, speech도 하면서 값진 친교의 장을 열기 시작했던 것이다. 이것이 계기가 되어 그 후 계속 초청 만찬이 있었는데 지금 기억으로 만찬을 베풀어 주신 분이 백제갑 회장님, 코카콜라의 최정환(崔正煥) 사장님의 공장견학(工場見學)과 해운대에서의 즐거운 하루 등등 계속 이어지는 party에 집사람과 함께 신바람 나게 같이 붙어 다닐 기회를 얻었었다. 강의를 마치고 학우들과 때로는 교수님들과 같이 온천장에서 소줏잔에 곁들여 뜯는 '소나무집'에서의 생갈비 맛을 잊을 수 없다. 거나하게 술기운이 오를 때는 우리는 밤늦은 줄 모르고 2차 3차를 사양하지 않았다.

두 차례에 걸친 경주 연수회에서 들은 이현견(李賢牽) 교수님과 李祥議 議員님 등 저명인사의 강의는 너무나 유익했으며 삼삼오오 작당하여 신라 고도 경주의 밤거리를 누비는가 하면 재치 있는 친구들의 현지 응급조치 솜씨나 부산, 서울 등지에서 올라오고 내려온 꽃띠(?)들이 내게는 왜 그리도 부러웠던고.

修了논문 때문에 지도교수를 찾아 허둥대던 일, 제1차 미국 UCLA 연수 가서 있었던 추억들, 다들 짧은 6개월이라 하지만 나에게는 긴긴 세월동안에도 엮을 수 없는 값진 珠玉들을 엮은 기간이었다.

修了 후 총동창회를 모체로 돈독해지는 친교와 각 기별(期別) 동기회로 이루어지는 友誼정, 중앙동 회원들이 모이는 제2 釜慶會 中央會와 골프 써클로 이어지는 정 내 연령층의 학우들과 여가 나는 대로 만나 나누는 對話, 이 모든 것이 EDP가

남겨준 값진 膳物이다.

-영남렌트카 대표

＊부경회보, 제4호. 1985. 10. 5.

# 예술품(藝術品)의 가치

 작품(作品)의 가치는 영원성에 있고 시간 공간에 제한 없이 만인(萬人)에 공명할 수 있는데 있을 것이다. 당대(當代)엔 몰이해로 파묻혔다가 후대(後代)에 빛을 보아 갈채를 받는 수가 있으니 여기에 순수 비순수 문제도 나온다.

 당대의 비위를 맞추는 것과 주어진 상황 속의 입맛은 불문하고 인간의 문제를 해결하는 것과는 그 종류가 다르다. 작품의 가치는 시일을 요하고 언젠가는 엄격한 판단이 내려진다.

 식당의 그릇을 닦고 도서관 구석에서 책을 읽던, 가난한 문학청년인 '코린·월슨'이 『아웃·사이더』란 평론집을 냈을 땐 시시하다, 무식한 놈이다, 라고 가혹한 눈초리를 받았고 그 속에서 다시 『아웃·사이더를 넘어서』를 써서 세인(世人)을 놀라게 했다.

 『더블린 사람들』을 쓴 '제임스·죠이스'는 더블린 사람들을 모욕했다고 구라파로 나가 30년을 살다 객사했으나 그는 항상 고향 더블린을 생각했었다. 드디어 더블린 시는 죠이스의 천재에 경의를 표했다. 지난 6월16일 아이릿수 해안의 샌디고읍의 마아텔로탑에 죠이스의 기념관이 설립되었으니 이는 그의 대작 「유리시리즈」의 첫 장면에 나오는 탑이다. 여기에 그의 저서 낭독레코드, 데드마스크가 비치되었다.

 심도 깊고 중후한 작품은 역사에 의해 필연적으로 가치가 밝혀지고 후세의 칭송을 받는데 우리는 눈앞의 인기에 허덕여 좋은 작품을 못 쓰는 것이 아닐까.

*마산일보

# 새로운 한해를 맞이하면서

한해를 보내고 새로운 또 한해를 맞으면 누구나 금년에는 무얼 이루어보고자 각오를 다듬고 무언가 가슴 뿌듯한 희망에 넘치기 마련이며, 새해에는 행운도 따르고, 모든 일이 뜻대로 되어줄 것을 기원한다.

나도 새로운 카렌다를 바라보고 얼마 남지 않는 40대에 무언가를 이루어 보고자 생각하나 막연할 뿐이다. 누군가 40대를 인생의 여름에 50대를 인생의 가을로 말 한 적이 있다. 무성하고 발랄한 40대의 젊음을 인삼 녹용 같은 보약으로도, 향로봉의 이슬로도 붙잡아 둘 수 없고 40대에서 50대로 향하는 걸음은 100분의 1초도 쉬지 않고 달음질치고 있으니 무언가를 빨리 이루어보고자 생각하니 막연하고 초조한 마음을 가눌 길 없다.

세상을 살다간 사람 중에 훌륭한 업적을 남기고 간 사람들을 머릿속에 펼쳐보며 그와 같이 살고 있었다는 것이 값진 줄 알면서도 구체적인 행동지표가 서지 않는 것은 아무래도 자신이 없어서인가 보다. 무얼 하고 싶다, 초조하다, 막연하다, 이렇게만 생각하면서 또 일 년을 보내야만 할 것이 아니라 내 주제에 성현, 위인들 같은 훌륭한 일은 못할지언정 나에게 주어진 조그만 일들에 최선을 다하는 것이 나름대로 인생을 뜻있게 보낼 수 있지 않을까.

가정에서는 진학을 앞둔 자녀들에 관심을 쏟고 그동안 고생도 많이 하고 또 고생하고 있는 마누라에 대해 조그만 위로라도 해주고 아직 우리나라에 뿌리를 제대로 내리지 못한 렌트카 사업의 정립과 그 외 내가 속한 단체들에 대한 봉사, 이런 것들이라도 착실하게 할 수 있는 한해가 되었으면 좋겠다.

지난해는 세상 돌아가는 것이 너무나 복잡해서 차라리 눈을 감고 귀를 막고 싶은 심정이었다. 어지럽고 불안하고 점점 메말라가는 사회에서는 차라리 벙어리가 되고 귀머거리, 장님이 되는 편이 속 편할까!

올 겨울은 유달리 추운 것 같다. 추운 만큼 아지랑이 피는 봄을 더욱 그리게 되는가 보다. 얼음장 밑으로 도도히 흐르는 물처럼 따뜻한 가슴은 이 겨울을 이겨 나갈 수 있게 하리라.

이제 한해가 가고 새로운 한해가 시작되었다. 지난 세월을 후회하기에 우리의 인생은 너무나 짧다. 남들은 40대가 빨리 간다고 얘기하지만 나는 몇 년 남지 않은 40대를 보람 있고 활발하게 활동하여 더디고 가치 있게 보내고 싶다.

-영남렌트카 대표

*간사장 2기로 밝히고 있음.

# 간사장(幹事長) 1년

　지난 4월25일 동창회 총회를 마치고 동문들 모두 총총히 돌아간 뒤 어질러진 회의장의 뒷마무리를 하고 회기와 남은 물건들을 챙겨 나오면서 나는 내가 맡았던 간사장 1년을 과연 나의 열과 성을 다했던 가를 돌아보는 시간을 가졌다. 그 숱한 동문들이 오늘 나의 손을 잡고 "간사장, 수고 많았소.", "정말 애 많이 썼지요." 하던 위로의 말씀들이 귓가에 맴돌 때 그 동안의 짜증스러웠던 감정도 사라지고 부끄러운 생각만이 들었다.

　몇 차례 치룬 크고 작은 행사들의 진행, 각종 회의의 주선, 매월 발간한 부경회보 제작, 각 기별모임에의 참석, 이 모든 것에 내가 좀 더 부지런히 그리고 성의껏 다하지 못했음이 아쉬워진다.

　한 알의 밀알처럼 말없는 봉사를 다짐하며 간사장을 맡았던 1년 전의 내 姿勢가 그동안 동창회에 얼마만큼이라도 보탬이 되었어야 할 텐데, 오늘의 행사(총회)를 치루고 회원들은 흡족해 하실까. 진행과정에서 잘못은 없었을까. 음식과 선물은 어떠했을까. 이런 생각 저런 생각에 고개를 떨군 채 남은 물건들을 가슴에 한 아름 선물인양 안고 나오는 내 앞에 "許 兄! 수고 했소" 하고 앞을 가로막는 2기 동기생 K형의 손에 이끌려 가면서 후련한 기분으로 실컷 취하고 싶었다.

　알콜 도수가 높아감에 따라 욕심에 못 미친 일들이 또렷하게 의식에 와 박혔다.

좀 더 밀도 있고 알찬 강연회의 개최, 정보교환과 전달매체로서의 부경회의 충실한 편집, 회원 상호간의 우의와 유대강화를 위한 좀 더 튼튼한 다리 구실을 하였더라면 하는 회한이 마무리 하는 이 마당에서 강하게 일어남은 당연한 일일까?

그러나 "어떤 일이든 조금의 오류는 남는다."라는 어리석은 말로 자기변명을 대신할까 한다.

내가 저지른 잘못, 모자람 부정적인 구석을 차기 간사장님 그리고 회원님 모두가 메꾸어 주리라 기대하면서 쓸쓸한 미소로 마지막 인사에 가름한다.


-영남렌트카 대표


＊부경회보,

# 학문하는 태도(態度)와 조건(條件)

대학은 학문하는 사회이다. 그러므로 여기에는 학문하는 태도가 갖추어 있어야 할 것이고 학문할 수 있는 조건이 구비되어 있어야 할 것이다. 필자가 서두에 이런 말을 끄집어내는 것도 역시 우리가 처해 있는 부산대학교에 대해서 몇 가지 이야기 하고 싶은 것이 있기 때문이다. 우리학교는 16년의 짧은 역사를 가진 어린 학교이지만 그래도 항도 부산에서의 학문의 최고봉을 이루고 있는 상아탑인 것이다. 그런데 지금 우리 학교는 얼마만큼 학문하는 태도와 준비가 갖추어져 있는 것일까? 여기서 학문하는 태도란 학생들에게 해당되고 학문할 수 있는 조건이란 학교당국에 해당되는 말이라 할 수 있을 것이다.

그러면 먼저 여기서 학생들은 얼마나 학문하는 태세를 갖추고 있는가부터 보자. 본교 김 총장이 부임할 적에 한 말씀이 학생은 공부요 교수와 직원은 이들이 공부할 수 있게끔 준비를 해주는 것이라고 하셨는데 이 말은 보통 우리들이 느낄 수 있는 것이지만 지금 특히 더 음미해볼 가치가 생기는 것이다.

학생은 공부가 다이라지만 지금 우리들의 생활은 어떤가 하면 그 분위기만 보아도 알 수 있을 것이다. 우리나라의 대학수준이 세계의 그것에서 얼마만큼 떨어져 있나를 짐작할 수 있는 일인데 이에서 더욱 부산대학교는 재경 각 대학보다 떨어져 있으니 이는 헤아릴 것도 없을 것이다.

자극 없는 생활에 발전이 있을 수 없듯이 우리는 지금 어떤 과대망상증에 빠져 있는지 분간할 수 없는 애매한 태도를 볼 수 있다. 대학에서의 학생은 매를 맞을 것이 아니라 스스로 매를 들어야 할 위치이건만 우리의 태도는 너무나 피동적이라고 할 수 있겠다.

그리고 학문할 수 있는 준비란 어떤 것일까? 여기에는 시설면과 교수진 및 사무직원들을 들 수 있겠다. 전술 한 바와 같이 학생들이 피동적이라고 했는데 그렇다고 해서 우리 학교의 교수들이 능동적이라고는 결코 볼 수 없을 것이고 사무직원들도 그럴 것이다. 교수들의 잦은 휴강과 사무직원들의 학생 사무취급의 지연은 학생들이 학문하는 태도에 영향 한 바 크다. 교수의 부족은 현존 교수의 지나 친 고역과불충실을 초래했다.

우리는 교수, 학생, 직원이 삼위일체가 되어 사소한 편안을 위함 보다 대국적인 견지에서 희생과 인내만이 부산대학교를 위하고 나아가 대한민국의 발전을 기약한다는 것을 잊지 말아야 겠다.

*발표지 미확인.

# 취하고 싶어라

사람이 어떤 일에 취했을 때, 또 자연의 아름다움이나 어떤 상대를 두고 취해 있을 때만큼 아름답고 고울 때가 없다고 본다.

운동선수가 게임에 도취하여 최선을 다하여 움직이는 모습, 여름에 농부가 땀 흘리며 농사일에 열중하는 모습, 자연의 아름다움에 취하여 그 아름다움을 글로써, 음악으로써, 그림으로써 표현하려고 애쓰는 모습, 그 어느 하나 아름답지 않은 것이 없다.

취한다는 것은 상대를 사랑하는 것이다. 사랑을 하는 모습보다 더 아름답고 귀한 것은 없다. 자신의 모든 정열을 쏟는 것이 취한 상태의 표시이며 사랑하는 징표가 될 것이다. 나도 무안가에 빠져서 취하고 싶다. 그리하여 아름다운 모습으로 살고 싶다. 취하는 상대가 사람일 때는 더욱 그러하다. 상대는 누구든 될 수 있다. 부모 형제 친구 불우이웃 예술가 등 주위에는 얼마든지 자신을 빨려들게끔 할 수 있는 대상은 많다. 그 취하는 상대가 이성(異性)일 때는 더욱 소중하고 귀한 것으로 나타난다.

지난 연말 대학에서 서양화를 전공하는 큰 녀석이 방학이라 집에 와 있는 동안 변해가는 모습에서 나는 이성에 취하고 사랑을 한다는 것이 얼마나 귀하고 아름다운 것인지를 보았다.

평소에는 그림 그리기와 피아노 두들기기, 음악듣기를 좋아하고 면도도 않고 세수도 안 했는지 분간하기 어려울 정도였고 옷도 아무 것이나 끼워 입어 덥수룩했던 놈이 어느 날부터 갑자기 외모에 신경을 쓰기 시작하는 것이었다. 매일 머리를 몇 번이나 감고 헤어드라이어로 손질하며 면도도 하고 옷에 까탈을 부리며 멋을 내기 시작했다.

이유를 알아본 즉 방학동안 영어회화학원에 나가면서 같은 반에 다니는 모 의과대학 여대생을 알아 서로 관심을 갖기 시작한 때문이었다. 큰 방에는 잘 오지도 않던 놈이 밤만 되면 매일 들어와 나와 제 엄마에게 그날그날 그 여학생과의 사이에 있었던 진전 상황을 낱낱이 얘기하며 자문을 구했다. 나 또한 호기심과 혹시 빨리 며느리 볼 일이 생길까봐 불러서 물어보기도 한다. 내가 어떤 말을 하고 어떤 행동을 했을 때 나타나는 상대방의 얘기와 태도는 어떻게 생각하느냐, 또 상대의 이런 말 저런 행동은 어떻게 받아들이면 옳으냐는 등 진지하게 상담해 온다. 그의 눈빛, 그의 기대, 그의 부푼 가슴, 생기가 넘치고 넘치는 모습.

한 인간에 취하여 사랑을 하는 모습이여, 아-청춘은 아름다워라. 부러운 청춘이여!

나도 취하고 싶다. 대남에 머무는 전 환자, 이 병원 모든 가족들에게, 이 밤, 내일의 영어회화 학원가기를 기다리며 웃음을 머금고 잠든 녀석의 행복해 보이는 모습은 더욱 아름답다.

-부원장

*부원장으로 표기 되어 있음.

# 꿈을 가꾸며 살자

사람은 태어나 이성을 갖고부터 나름으로의 꿈과 희망을 가꾸며 살아가기 마련이다. 이 꿈과 희망은 인간을 생동케 하는 근원이 된다.

예술가가 불후의 명작을 남기기 위해 노력하고 기업가가 자기 기업의 성공을 위해 노력하고 공무원은 노력하여 자기 직분을 다함으로써 출세하고자 하는 등 각자 처해진 환경에 따라 그 꿈과 희망의 종류와 크기도 다르다. 또한 소시민은 나름의 소망이 있다. 그리하여 이런 자기의 희망이 이루어졌을 때 비로소 보람을 느끼게 되는 것이다. 이렇게 자기의 꿈과 희망을 가꾸며 키워나가는 과정이 진정한 삶의 과정이며, 제대로 나이를 먹어 성숙해가는 것임을 또한 의미한다.

새해가 되면 싫든 좋든 간에 나이를 한 살 더 먹게 마련이다. 나는 사람이 살아가는데 나이를 먹는 것과 까먹는 것 두 가지로 분류해보고 싶다. 먹고 까먹고 하는 갈림길(분수령)은 그 사람에게 꿈과 희망의 유무로 판단하면 될 것 같다. 꿈과 희망을 가졌을 때 그는 나이를 먹으며 창창한 삶을 향해 달려가는 것이요, 그 반대일 때는 죽음을 향해 달리며 주어진 나이를 까먹으며 산다고 본다.

꿈과 희망이 있는 삶은 시간을 아끼기 위해 부지런히 움직이기 마련이다. 100미터 달리기 선수가 몇 십 분의 일초를 아껴 열심히 뛰는 것은 그가 목표가 있기 때문이요, 과학자가 천

분의 일초의 오차를 허용치 않는 것도 또한 그의 꿈 때문이다.

꿈이 있는 자의 눈동자는 빛나고 초점은 맑다. 그것은 그에게 보이는 목표가 있기 때문이다. 이렇게 꿈과 희망이 있는 자의 하루는 그 시간이 모자랄 정도로 부지런히 움직인다.

자기가 간직한 꿈과 희망은 소중하다. 금은보화 같이 소중한 물질은 도둑맞을 염려도 있고, 현 상태에서 그대로 커지지도 않지만 개개인이 지닌 귀중한 꿈과 희망은 그 누구도 도둑질할 수도 없으며 그 성취도에 따라 커져가기 마련이다.

내 나이 오십의 중턱에서 생각한다. 수없는 많은 꿈과 희망을 갖고 살아왔다. 물론 이룬 것도 있고 못 이룬 것도 있다. 이제 내 나이 먹은 것을 탓할 일은 하나도 없다. 내 작은 소망을 간직하고 있기 때문이다. 나이를 까먹지 말자. 우리 모두 자기가 간직한 소중한 꿈과 희망을 가꾸어 가자. 그러면 자연히 시간이 아깝고 바빠질 것이요, 눈동자는 더욱 큰 빛을 발하리라.


-부원장


*부원장으로 표기되어 있음.

# 제6부
## 편지글

편지글은 모두 허일만 선생이 아내 선영자 시인에게 보낸 것이다. 1998년 7월19일~9월19일까지 충남 공주의 '포도원 건강원'에 가족과 떨어져 선영자 시인이 치료차 한동안 머무는 동안 아내에 대한 빈 자리와 그리움의 마음들이 고스란히 담겨져 있다. 선생의 가족 사랑을 새삼 확인할 수 있는 서간문이다.

# 여보!

당신을 두고 떠나오는 발길은 그렇게 무겁지 않고 후련히 잘 나아서 체질이 완전히 개선되어 돌아 올 것을 믿었어요.

그러나
금식하여 배고프지 않을까?
잠은 잘 잘지,
생활의 불편은 없을지,
여러 가지 걱정은 끊이지 않았다오.

무사히 돌아와 당신이 없는 허전한 방에서 이 글을 씁니다.
막상 당신이 없으니 그렇게도 허전할 수가 없군요.
당신과의 과거 生活이 필름처럼 펼쳐지고 있고
왠지 더욱 더욱 당신이 보고 싶어집니다.

그동안 30년간 살면서 내가 당신에게 여러 가지
잘못된 것이 생각나서 미칠 것 같구려.
티격태격 다투고 싸운 것이 얼마나 부질없고 값어치 없었던 것인가를 느끼오.
정말 잘 못 한 것 뿐,
이제는 잘 하고 마음 편히 해주어야지 하는 생각을 다져 봅니다.

하나님의 축복아래 그래도 우리 가정은 큰 탈 없이 지내왔
건만 당신의 질병만이 괴롭습니다.

당신이 아프고 괴로움을 당할 때마다 나는 가슴이 찢어졌고
그 아픔을 전부 내가 대신 할 수 있다면 그렇게 하고 싶었던
것이 나의 마음이랍니다.

당신!
빨리 나아 오세요.
그리하여 행복한 생활을 합시다.
우리가정
축복받은 가정
무슨 큰 걱정이 있습니까?
조그만 걱정들은 모두 크게 생각하면서 떨쳐 버립시다.
내가 그동안 당신께 소홀하고 잘못된 점을 모두 그곳에서
정리하고 잊어버리세요.
그동안 우리의 다툼은 너무나 부질없었소.
당신을 위해 기도 하겠어요.
몸과 마음이 완전히 회복되도록------

세월이 너무 빨리 지나 갔구료.
남은 세월은 모디고 값지게 삽시다.
당신과 마음과 뜻을 모두어 하루가 새롭고 가치 있게 지냅
시다.
장마가 끝나고 한창 더운 때라 걱정되지만 당신의 그 초연
한 태도로 잘 이겨 나갈 것으로 믿소.

자정이 넘었군요.
오늘 그곳 첫날 밤, 잠을 잘 이루는지요?

하나님께서는 당신을 사랑하십니다.
신념과 믿음으로 기도하면서 생활하세요.
그곳 바로 밑에 조평교회를 내려오는 길에 보았소.
주일 낮과 밤, 수요일 밤 예배에 참석하는 게 좋겠어요.
거리가 멀어질수록 사랑을 확인하고
시간이 지날수록 귀중함을 느껴요.
보고 싶어요. 그리고 안아주고 싶어요.
　나의 여행 외에는 이렇게 떨어져 있기는 처음, 특히 당신이
아파서 떨어져 있게 되니, 당신이 집을 비우게 되니 기분이 참
이상하군요. 이런 일은 생전 처음이니까. 왠지 허전함이 엄습
하네요.

당신을 사랑합니다.
정말 좋아합니다. 참으로 착한 당신.
보고 싶은 마음이 강물 넘치듯 넘칩니다.
　여하튼 생활 잘하고 마음의 평화, 육체의 건강을 찾아서 반
갑게 만나서 서로 아름다운 가정을 이룹시다.
　여기 걱정일랑 일체 말고 편히 계시길 바랍니다.

1998. 7. 19.<br>허일만

# 여보!


내일이면 당신을 2주 만에 만나게 되는데 이 밤을 설칩니다. 나는 내일 당신을 만나고 돌아올 때 이 글을 전해주고 오리라 하고 씁니다.

그동안 얼마나 야위었으며 먹지 못하여 얼마나 고통을 당하였소? 그러나 그것은 당신의 건강을 되찾기 위한 과정이니 잘 참아야지요. 당신의 '정신력'으로 모든 것을 이기고 돌아올 것으로 믿소.

당신이 없는 집. 정말 허전하군요.

모두가 하나하나가 당신의 손 때 묻은 물건들, 당신의 체취를 느낍니다.

당신이 얼마나 소중한지 새삼 느낀다오.

결혼 30년, 많은 시련 속에서도 하나님의 축복으로 잘 이어 나왔군요.

그동안 교직에 시달리며 아이 키우고 살림하고 정말 정말 고생하였어요.

이 세상에 누가 뭐래도 아내만큼 소중한 사람이 없다고 느껴요.

착하고 순한 당신.

사랑합니다.

부질없이 다투어 아옹다옹 살아온 세월, 이제 나아서 오면 여태껏 못했던 것 다 해주고 행복하게 삽시다.

돈이야 필요한 것이지만 나는 지금 생각하니 그다지 중하지 않고 건강만이 최고란 걸 뼈저리게 느끼게 하는 군요.

여보!

정말 사랑합니다.

정말 소중합니다.

당신을 위한 일이라면 뭐라든 다 할 각오를 다집니다.

박세리 골프를 보면서 씁니다. 그 어린 것의 정신력과 담대함, 표정관리에서 자기와 싸워 이겨나가는 것을 봅니다.

당신은 꼭 나아서 돌아와야 합니다.

당신은 꼭 나을 것입니다.

당신은 꼭 나아야만 합니다.

당신은 반드시 완쾌되어 남은 生을 잘 보낼 수 있습니다.

당신은 나의 기도제목입니다.

부산 집은 어머니 그런대로 잘 계시고 正民이 생활 잘 하고 있으니 추호라도 걱정마세요. 해결사가 있으니까요.

우리는 둘 다 선하고 착한 사람들입니다.

하나님의 축복을 받고 있습니다.

子女들도 다 훌륭해 질 수 있습니다.

당신만이,

당신만이 빨리 건강해서 오세요.

절대 슬픈 생각이나 머리 아픈 생각은 버리고 평안히 지내세요.

나는 자신이 있습니다. 우리 가정을 지키고 이끌 자신이...


사랑하는 당신.

멀리 두고 그리니 더욱 애틋한 사랑의 감정이 피어 불 붙습
니다.

조용히 마음을 비우고 생각을 비우세요.

내가 떠나도 마음은 항상 당신 곁에 있을 거예요.

안녕

안녕

1998. 8. 1.

당신의 남편 허일만

# 사랑하는 당신께

당신께 다녀오는 날은 이렇게 꼭 편지를 쓰게 되는 군요.

어제 나는 너무나 야위고 새까맣게 된 모습을 보고 당장 당신을 집으로 데리고 올까 하고 생각했으나 기왕에 시작했고 3주 이상 고생한 끝을 보아야겠고 보식으로 들어갔으니...... 더 참고 믿고 있어봐야겠다고 결론을 내렸어요. 야위기는 했으나 내가 말했듯이 야물어진 것 같이 느꼈어요.

당신과의 하룻밤!

잠을 이루지 못하는 당신을 보고 괴로웠다오. 제발 오늘부터는 모든 생각을 접고 편히 잠을 이루세요. 지금 당신은 오직 마음 편히! 당신의 건강만을 생각할 때입니다. 그것이 우리 가족 전부를 편하게 해주는 것입니다.

우리 가정은 祝福받은 가정입니다. 당신만 건강해지면 아무 걱정이 없답니다. 당신과 헤어진후 훈이 內外와 신풍에서 점심하고 훈이 內外를 보내고 손을 흔들며 헤어진 후 大田行 버스를 타고 나는 간절히 기도했습니다.

사랑하는 당신의 심신이 건강하게 해달라고......

나도 모르게 눈가에 이슬이 맺히더니 급기야 눈물이 범벅이 되더군요. 당신의 아픔이 빨리 끝나고 건강하게 돌아와 주도록 기도하고 또 빌었습니다.

어쩐지 가슴에 큰 구멍이 생긴 듯 허전했습니다.

당신을 이토록 사랑하고 소중히 생각되는 걸 느꼈답니다.

부산으로 돌아오는 길은 꽤나 힘들고 지루했지요. 대전에서 기차로 부산에 올려니 곳곳에 선로가 침몰되어 기차로는 내려올 수가 없어서 임시로 운행하는 관광버스로 오후 5시에 출발하여 꼭 7시간만에 부산에 도착했어요. 곳곳에 교통체증 때문에 약간 짜증스러웠어요. 그러나 이것은 당신의 고통에 비하면 아무것도 아니죠?

훈이는 다행히 별 체증없이 잘 도착했더군요. "훈아, 사랑한다"고 말했어요. 돌아와서는 "민아 사랑한다"고 말했습니다.

여보!

용기를 가지세요. 확신을 가지세요. 이것이 지금 당신께 필요한 것입니다. 그동안 내가 당신께 잘못한 점을 모두 보충할 수 있는 남은 삶이 될 것입니다.

사랑해요.

사랑해요.

당신은 나에게 둘도 없는 아내요.

또 둘도 없는 사랑입니다.

또 둘도 없는 소중한 분입니다.

편안하세요. 편안하세요.

돌아오는 일요일 다시 만날 수 있을거예요. 그때 더욱 건강한 모습이 되어야 합니다. 보식 잘하고 그곳 생활 잘하고 계세요.

아픈데 답장은 쓸 생각 마세요.

1998. 8. 16. 밤

남편으로부터

# 잘 도착 하였어요

기도드리면서........

지난 번 보다 훨씬 나아진 모습 보고 조금 위로 받으며 내려왔어요.

참으로 천사 같은 당신.

착한 당신.

내가 왜 이렇게 당신의 아픔을 대신 할 수 없을까?

나눌 수는 없는지,

가슴 미어집니다.

인간은 어차피 일장일단이 있기 마련, 여보, 나의 모든 부족함을 어쩌다 좋은 나와 대입시켜 상쇄시켜 주세요.


사랑합니다.

소중합니다.

절실합니다.

팔걸이를 보냅니다. 도움되었으면 좋겠소.


줄일께요. 안녕


1998. 8. 26.

부산에서 당신의 남편 씁니다.

# 여보!

당신께 다녀 온 날, 피곤해서 잠이 와야 할 텐 데 왠지 잠이 오지 않아 이렇게 pen을 들었소.

우리가 떠나올 때 당신의 눈물을 보고 나도 울었소. 그러나 당신은 정말 장하고 굳셉니다. 모든 걸 이겨낼 수 있습니다. 보기보다 강하게 잘 참고 이겨나가고 있어요.

당신이 있었기에 오늘의 내가 있음을 깊이깊이 느낍니다.

그동안 애도 많이 먹이고 속 썩이고 너무너무 나의 잘못이 많았지요. 다 용서하세요. 어쩌면 지금 당신의 아픔을 내가 당해야 옳을 것인데... 왜 잘못 없는 당신이 이토록 괴로워야 합니까. 안타깝고 안타까울 뿐입니다.

당신의 강한 정신력으로 모든 아픔을 이겨 낼 겁니다.

부디 마음을 즐겁게 갖고 걱정을 버리세요.

길고 긴 30년의 세월 속에 내가 당신에게 잘못한 일 너무 많지요. 그러나 당신을 사랑하는 마음은 변함없습니다.

사랑하는 여보!

늦었다고 생각마세요. 내 지금부터 당신께 너무너무 잘 할께요. 가슴이 찢어지듯 후회와 반성을 거듭 합니다.

당신이 있기에 오늘까지 내가 버티어 왔지요.

바보같이 굴었던 옛날, 지난 날 들 모두를 씻고 우리 남은 생을 잘 보내야지요.

내가 당신의 아픔을 대신하고 여태껏 못했던 것 같아 드릴

께요.

여보.

사랑합니다.

소중합니다.

무척이나 무척이나 아낍니다.

1998. 9. 6.
당신께 다녀온 날 밤 12시30분에 씁니다.
못난 남편 허일만

# 사랑하는 당신께 드립니다.


오늘 당신의 편지 받았습니다.

당신이 그곳에 간지 근 두 달이 다 되어가는군요. 집을 떠나, 가족들을 떠나 투병하는 당신을 위해 오늘 크로스 웨이에 가서 간절히 기도드렸습니다. 전능하신 하나님 아버지께서 깨끗이 낫게 해달라고요, 들어주실 겁니다.

소변 약은 이제 끝나고 많이 좋아졌으니 걱정마세요. 당신의 걱정을 들기 위해서 나의 건강을 위해 시키는 대로 할께요. 당신의 편지에 당신이 부족하여 괴로움만 내게 주었으니 용서해 달라니 정말 내가 부끄러워지는군요. 이건 정말 내가 당신께 해야 할 말이니까요.

여보!

용기를 갖고 마음을 편히 가지세요.

하나님은 우리를 사랑하십니다. 그리고 당신은 꼭 나을 겁니다.

그리하여 우리 행복하게 생활 할거예요.

정민이도 많이 좋아지고 어제(9월9일) 또 선을 보고 상당히 좋은 이미지를 가진 것 같아요.

할머니께서도 건강하시니 다행이고요.

내가 대단히 고맙게 여기고 잘 해드리고 있으니 염려마세요.

당신을 사랑합니다.

당신은 천사 같이 고운 내 아내입니다.

그동안 내가 많이도 애먹이고 지냈지만 당신을 소중히 여기고 사랑하는 마음에는 변함이 없습니다. 당신만 나아오면 무슨 걱정이 있겠습니까? 나에게는 좋은 일자리를 주시었고 또 애들도 착하고 건강하고……

사랑하는 당신.

나는 당신을 사랑합니다.

참으로 소중한 당신입니다.

남은 기간 아무 걱정 말고 즐거운 마음으로 생활하세요. 돌아오면 당신을 더욱 사랑할꺼예요.

다음 다음 주말 당신을 데리러 갈께요. 그때까지 안녕.

9월 10일

당신의 남편

\* 올라갈 때 기사를 데리고 차를 가져갈 예정이니 물건은 택배로 부치지 않아도 될 것 같소.

# 여보!

항상 당신이 지키던 자리에 당신이 없으니 엄청나게 허전하고 보고 싶어지는 밤입니다.

항상 집안을 지키던 당신이 없으니 이상한 느낌입니다.

아내의 소중함, 아내의 위치가 실감납니다.

오늘밤.

당신 잠 잘 이루어지길 빕니다.

팔에 부위도 빠지고,

얼굴도 살이 찌고,

체중도 좀 붓고,

그보다 더 모든 상처 아물고......


여보.

걱정할 것 없습니다.

당신만 나으면 만사 ok!

부디 마음을 크게, 편하게.

성경의 말씀대로 모든 염려를 거두고 내일 일을 걱정하지 마세요.

하나님은 우리 가정을 축복하고 계십니다.

믿습니다.

하나님께서는 우리 가정을 지극히 사랑하십니다. 생각해보세요. 얼마나 축복받았으며 얼마나 감사한지요.

계속 품으시고 사랑하실 겁니다. 조금도 두려워하거나 초조하거나 불안해 할 일이 없습니다.

의지하고 기도하면 모두가 더욱 더 잘 될 겁니다.

어쨌든 아무생각 말고 잘 생활하시고 기쁨과 감사의 마음으로 가득하세요.

여기에는 어머님께서도 기분이 괜찮으시고 건강도 괜찮으셔서 교회에도 잘 다니시고 정민이도 많이 좋아지고 또 새로운 아가씨 선 보고는 오는 일요일 9월13일 다시 만나기로 해놓고 싱글벙글 올시다.

불현 듯 보고 싶은 마음이 생겨요. 그런 때는 만사 팽개치고 가고 싶어요.

이제 일주일 정도만 있으면 되겠네요.

그때까지 안녕.

1998. 9.11. 밤

부산 집에서 당신의 남편 허일만

# 사랑하는 당신.


당신이 그곳에 가서 20여 년 간 먹든 잠 약도 떼고 체질을 개선하고 많이 좋아하는 것을 보고 너무나 좋다고 생각했는데 간간히 금식으로 괴로워하고 무기력하다는 소식을 듣고 나는 너무나 우울하고 마음이 무거워 견딜 수 없구려.

약 39년의 교직생활을 마감하고 이제는 편히 쉬면서 여생을 보내야 할 사랑하는 당신이 병마에 시달리니 나의 가슴은 찢어질 듯 하오.

여보.

인간의 생명은 하느님께 달려있는 것. 당신은 완쾌 될 것입니다. 신념을 가지세요. 이렇게 이야기 하면서도 웬지 나는 자꾸 가슴이 저리고 눈물이 납니다.

30여 년 간 결혼생활에서 당신께 잘해주지도 못하고 애만 태우게 했던 나의 과거생활이 한스럽고 한스러워요.

다 용서해 주세요.

이렇게 우리가 당분간 떨어져 있는 것은 우리의 情과 사랑을 더 키우는 계기가 되는 것 같습니다.

당신은 아무 걱정 말고 건강만 되찾아 오세요. 우리 가정이 걱정할 것은 다른 아무것도 없습니다. 하나님께서는 우리 가정을 택하셨고 유달리 사랑하십니다. 감사와 기쁨의 생활을 해야 합니다.

왜 이렇게 지난날 내가 잘못한 것만 생각이 나고 가슴이 저려 오는지 모르겠어요.

여보!

당신이 무슨 잘못이 있어 이렇게 고통을 당해야 하나요. 당신은 천사 같은 여인이요.

너무 너무 사랑합니다.

고통은 내가 받아야 하는 것, 당신의 아픔을 대신 할 수는 없나요. 당신이 편하고 내가 그 고통을 대신하면 안 되나요?

한 인간의 一生을 생각해 봅니다.

어떻게 살아야 하는 지도 생각해 봅니다.

내 이제 당신에게 더욱 잘 하리다.

부디 그곳 생활 잘 하고 이곳 걱정은 추호도 하지 말고 마음 편히 계세요. 내가 모두 알아서 처리 할게요.

곧 당신 있는 곳으로 가리다.

1998. 8. 8.

부산에서 당신의 허일만

# 여보.


　오늘 당신의 글 받고 적습니다.

　매일 당신의 안부를 묻고 음성을 듣고 확인하는 것이 일과가 된지 보름이 지났군요. 당신이 그곳에 간지 2주 하고도 사흘이 지났어요. 한 사람이 곁에 있고 없고의 차이가 이렇게도 크군요.
　같이 생활할 때는 몰랐지만 헤어지고 나니 소중한 것을 크게 느끼고 허전함이 너무 크군요.
　사랑을 느낍니다. 소중함을 느낍니다.
　사랑하지 않을 수 없는 당신.
　나는 솔직히 당신이 직장생활 때문에 나에게 소홀했다고 말하지만 나는 추호도 그 부분에 대하여는 아쉬움도 없고 응당 그럴 수밖에 없는 일로 받아들여 왔소. 조금도 미안해 할 일이 아니예요. 그럴 수밖에 없지 않았지 않소. 모든 걸 이해합니다. 몸이 약해서 어려워할 때 말은 안했지만 내 가슴이 너무 아팠어요. 이번만은 당신의 의지와 정신력과 그보다 더 큰 믿음으로 이겨내야 합니다. 그래서 우리는 행복하게 다시 살아야 합니다. 내가 소홀히 하고 다 못해 드린 점이 필름처럼 흘러갑니다. 이제는 더 잘해야겠지요.
　어머님께서도 그런대로 잘 지내시고 계시며 살림 잘하고 계시니 이곳 걱정은 조금도 할 필요 없어요. 정민이도 많이 많이 좋아지고 있으니 걱정마세요. 여행사도 시작 하려고 준비하고 정식사원이 되어 월급도 오른답니다.

조금도 걱정 말고 미안하다는 말은 하지 말아요. 지난 일요일 떠나올 때 당신의 눈물을 보고 나는 훈이 차 뒤에 앉아 흐르는 눈물을 얼마나 닦았는지 모른다오. 지금도 당시의 당신 모습 생각하니 눈물이 납니다. 혼자 두고 떠나오는 나의 마음은 너무나 아팠습니다. 여보! 굳센 믿음으로 잘 하세요.

당신은 빨리 나을 겁니다.

또 나아야 합니다. 기도 드릴께요.

하나님은 우리를 사랑하십니다.

그것을 믿습니다.

눈물, 콧물이 범벅이 되었어요. 자꾸 눈물이 흐르는군요.

당신의 착한 마음씨를 압니다.

당신의 사랑을 압니다.

사랑합니다.

당신은 소중한 나의 아내입니다.

세상에 둘도 있을 수 없는 나의 사랑하는 아내입니다.

나는 모든 것을 처리해나갈 자신이 있습니다. 당신! 당신만 빨리 나아 돌아오는 것이 간절한 소원입니다. 아무것도 바랄 것이 그 이상 없습니다. 아무 불만도, 부족함도, 불편함도 없습니다. 걱정마세요. 잘 살 수 있습니다.

진정으로 사랑합니다.

그동안 36년 세월 너무나 미안합니다. 잘못한 일도 너무 많고 속도 많이 썩혔지요. 다 용서하세요. 나의 속마음은 전혀 그렇지 않았는데 이 나이까지 철이 덜 들었나 보오. 이재희 원장님께 안부 전해주소.

여보.

이보다 더한 시련도 겪고 이기면서 살아온 사람들이 얼마나 많습니까. 이것이 전화위복의 좋은 계기, 당신과 나의 사랑을 더욱 돈독히 하는 계기라고 생각하며 참고 이겨냅시다.

선영자씨, 여보!

항상 약하던 당신의 육체가 강건하게 되고 마음이 더욱 굳세 지고 믿음이 커지고 사랑이 돈독해지는 좋은 기회 되세요.

착하디착한 당신을 하나님은 절대 외면하시지 않을 것을 믿습니다. 좋은 남편, 당신의 사랑스런 남편으로 남을 께요.

정민이도 많이 좋아지고 훈이 내외도 행복하게 살고 있고 어머님도 건강하시고 나도 잘 있고 이제 당신만 돌아오면 모두가 만사형통입니다. 당신의 소중함을 뼈저리게 느끼며 못다한 남편의 도리 이제 다 할께요.

사랑하는 당신.

착하고 착한 당신.

그곳 스케줄대로 잘 견디면 꼭 좋은 날이 올 것으로 믿는 마음은 큽니다. 아무 염려 말고 편히, 부디 편안히 생활하세요. 우선 이제 약을 먹지 않고도 잠을 이룰 수 있는 것도 큰 성과이며 그것 하나만 보아도 모든 것이 완쾌될 것을 믿고 믿습니다.

그만 자렵니다. 횡설수설 한 것 같군요. 안녕, 안녕.

1988. 8월5일 밤 10시30분
당신을 사랑하는 남편 씀

# 화려했던 고등학교와 대학 시절

양 왕 용 (시인, 부산대 명예교수)

## (1)

허일만許壹滿(1941-2017) 선배님은 1941년 8월 13일 만주에 머물고 있던 부모님의 슬하에서 태어났다. 그래서 이름자에 만주를 지칭하는 滿이 들어 있다고 한다. 그러나 해방 전에 선대의 세거지인 경남 산청군 시천면 원리로 돌아와 유년 시절을 고향에서 보냈다. 소년시절에는 부모님이 부산에서 사업을 했던 관계로 부산중학교를 졸업하였다. 그러나 중학교를 졸업하기 전 진주로 이사 간 부모님과 떨어져 있기 싫어 진주고등학교에 1956년 3월 입학하게 된다.

## (2)

진주고등학교 시절의 허 선배님의 문학 활동은 화려했다. 고등학교 2학년 때 한 해 선배인 성종화, 정재필 시인들이 주도한 《시부락》 동인으로 참여하여 2집과 3집에 작품을 발표하였다. 그리고 진주학생문단회에서 발간한 동인지 《청천》에도 참여하였으며, 진주학생문단회가 발전적으로 확대된 영남학도문학회의 창립 동인 38명 중에 한 사람으로 참여하였다. 1957년

11월 23일(음력10월 3일)에 개최된 영남예술제에 맞추어 영남학도문학회는 동인지 《영화嶺火》가 창간되었는데 그곳에 시를 발표하였다.

창간호 편집에 직접 간여한 허 선배님이 편집후기에 남긴 글은 다음과 같다.

건물은 군데군데 헐었다. 이건 전쟁이 지나간 자취다. 회원들이 핼쑥해진 얼굴과 야윈 팔로써 재건의 못을 박고 있구나. 다음에는 더 나은 집을 짓겠다는 뜻을 간직하고--. 이번 창간을 위해 지도해 주신 본회 명예회장 설창수 선생님, 고문 강천석, 박세제, 천옥석 선생님들께 삼가 경의를 표하는 바입니다. 또 표지를 곱게 그려주신 정은호 형과 우리와 한 덩이 되어 일해주신 조상길 형과 회원 여러분들께 감사드립니다.

창립 후 처음 맞는 예술제 때에는 출판기념회를 겸한 행사로 백일장에 참가한 외지 고등학생 전원 약 100명을 진주문화원에 모아 환영회를 열고 채 잉크 냄새가 마르지 않은 창간호를 나누어 주었다. 그 때의 기념사진을 보면 부산에서 온 이유경(경남고, 시인), 강남주(동아고, 시인), 박송죽(남성여고, 시인) 등의 모습이 보인다.

이듬 해 1958년에는 고등학교 3학년이 된 허 선배는 진주사범의 김상남, 강종홍, 조진태, 김안자, 진주여고 조현희 등과 어울려 《영화》 2집을 내는 등 영남학도문학회의 전성기를 주도하였다.

이 해의 영남학도문학회의 경사는 허 선배님이 서라벌예술대학에서 모집한 전국 고등학교 학생 문예작품 모집에 시 부문에 입상하여 트로피를 받은 것과 진주 사범 김상남(3대 남강 문학회 회장, 아동문학가, 소설가)이 국학대학 주최 전국학생 문예작품 모집에 입상한 일이다. 이 두 대학으로부터 장학생으로 입학하라는 권유도 받았고 박용수 시인이 경영하는 연일사 진관에서 두 사람이 상장과 트로피를 놓고 기념 사진을 찍기도 했다. 이 두 사람 말고 진주사범의 강종홍(소설가)의 활약도 대단했다. 1957년 고등학교 2학년 때에 부산 국제신보 주최 전국학생문예콩쿨에 소설이 당선되기도 했으며 1958년 영남예술제에서는 진주 학생문사 중 참방으로 유일하게 입상했다. 이 세 사람을《영화》2기 동인 트리오라고 불렀다.

허 선배님은 고등학교 3학년 때인 1958년 8월 20일에는 시 15편을 엮어 활판인쇄의 시집《조약돌》을 발간한다. 이 일은 그 당시로는 쉽지 않은 일이었으며 국제신보사 문화부장 최계락(1930-1970) 선배님께 보냈더니 격려 편지와 함께 신문에 보도까지 해주었다. 이렇게 고등학교의 화려한 시절은 끝났다. 1959년 2월 말 허 선배님은 진주고등학교 29회로 졸업하게 된다. 그 동안의 문예반 활동으로 보아 서라벌예대의 문예창작과 장학생이나 국문과를 진학할 수 있었는데 사업하던 선대의 영향 탓인지 부산대학교 상과대학 무역학과로 진학하게 된다.

비록 상과대학 무역학과를 진학하고도 문학에 대한 열정은 놓지 않았다. 1959년 11월 3일부터 8일까지 개최된 제10회 영남예술제(개천예술제로 이름이 바뀌기 전임) 한글시백일장 대학부에서 참방으로 입상하였다. 그리고 이 무렵《영문》에 시가 추천되기도 했다. 1959년 3월부터 1963년 2월까지 부산대학교 재학기간에는 부대신문사 기자로 활동하면서 많은 글을 썼다.

(3)

고등학교 시절의 문학활동이나 대학시절의 부대신문사 기자와 편집국장을 오랫동안 한 것으로 보아 언론사에 입사하여 언론인이 되었다면 쉽사리 문학의 길로 들어섰을 터인데   허 선배님은 대학 전공을 살려 사업가의 길로 들어섰다. 그리고 선영자 시인과 결혼을 하여 슬하에 두 아들을 낳게 되고, 그 당시로서는 벤처기업이라 할 수 있는 렌터카 업체를 창업하여 대표이사를 역임하였다. 그리고 부산상공회의소 대의원으로 참여하기도 했으며 의료법인의 행정원장으로 병원을 관리하기도 하였다. 개신교 신자로 신앙생활을 하였고 와이즈맨과 로타리 클럽 회원으로 봉사활동도 활발하게 하였다. 그리고 부산 사하 팔각회 회장으로 활동하기도 했다.

남강문학회가 2008년 인터넷 카페에서 남강문우회라는 이름으로 발족할 즈음 허 선배는 계간 《시와 수필》에 시로 신인상을 받아 문단에 정식으로 등단하였다. 그리고 초대 사무국장으로 활동하면서 다시 시의 창작에 힘쓰기 시작하였다. 필자가 2011년   4대 회장을 취임하기 직전 허 선배님이 먼저 회장을 해야 된다고 사양했으나 극구 안 하겠다고 하여 결국 4년 동안 필자가 회장을 맡게 되었다. 그동안 허 선배님은 자기는 시집을 내지 않으면서 부인인 선영자 시인의 시집을 두 권이나 엮게 하는데 많은 외조를 하였다. 2007년에 낸 『시냇가에 심은 나무』와 2012년에 낸 『詩가 흐르는 江』이 그것이다. 특히 제2시집에는 선배님의 부탁으로 쓴 필자의 해설 「시적 관심의 확대와 심화」라는 해설이 수록되어 있다. 그 시집 속에는 선영자 시인의 신앙이 육화된 많은 시편들이 수록되어 있다. 그 시집을 보면 시집의 제자는 우리 회지 《南江文學》의 제자를 쓴 중산 신경식 서예가의 글씨로 장식되어 있다. 사실 남강문학의 제자는 허 선배님이 신경식 서예가에서 받은 것이 오늘날까지 사용되고 있다. 그리고 표지는 허 선배님이 소장하고 있던 사진작가 정인성(1911-1996)의 「1958, 진주남강」이다. 이렇게 허 선배는 부인의 시집 발간에 애를 썼다. 필자는 부부 시집을 내라고 권유하기도 했다. 그러나 허 선배님은 말없이 웃기만 하였다.

그 동안 소원했던 남강문학회에 나오기 시작했는데 갑자기 허 선배님이 암투병 중이라는 소문이 들려왔다. 필자는 문병차 방문하기를 몇 번 시도 했으나 이루어지지 않았다. 구강암이라 말을 제대로 못하는 탓으로 만날 수가 없었던 것이다. 2017년 6월 24일 허 선배님은 끝내 부부시집과 개인 시집을 내지 못하고 이 세상의 삶을 마감하셨다. 2년의 투병 과정에 우리 회원 가운데 가족처럼 돌본 사람은 허 선배님과 함께 사무차장으로 봉사한 서창국 시인이다. 허 선배님의 외국에 있는 자식 대신에 많이 보살펴주었다. 허 선배님은 신앙을 가졌기에 분명히 천국에 가셨을 것이다.

미망인이자 시인인 선영자 시인이 꽃과 허 신배님을 추모하는 작품으로 제3시집 『하양의 신비』를 내면서 함께 허 선배님의 유작집을 내야겠다고 그 동안 허 선배님이 보관하고 있던 고등학교 시절에 낸 시집 『조약돌』과 대학시절에 《영문》에 발표한 작품들과 남강문학회 연간집 《남강문학》에 발표한 작품들과 부산일보의 <부일살롱>에 발표한 칼럼과 다른 곳에 발표한 수필 등을 필자에게 보내왔다. 그리고 허 선배님이 선 시인에게 보낸 편지도 함께 활자화하기로 했다. 그래서 시와 산문으로 나누어 유고집을 내게 되었다. 이 유고집이 나오게 된 데에는 무엇보다 선영자 시인의 공이 크다. 그리고 신문의 스크랩과 발표지면이 오래된 작품들을 일일이 전산작업을 하여 한권의 책으로 꾸며준 작가마을 배재경 사장에게 고마움을 표하고 싶다.

무엇보다 고등학교 시절부터 같이 문학 활동을 한 남강문학회 원로 회원들과 후배 회원들이 마치 생전의 허일만 선배를 보는 것처럼 기뻐하리라 생각된다. 천국에 계신 허 선배님께서 생전에 작품집을 내지 못한 아쉬움을 떨쳐버리고 그 특유의 미소를 짓기를 바라는 마음 간절하다.

# 허일만 시인 연보

* 1941년 8월 13일 만주에서 출생
* 본적지인 경남 산청군 시천면 원리에서 유년기를 보냄
* 1956년 2월 부산중학교 졸업
* 1956년 3월 진주고등학교 입학
* 1958년 8월 시집 『조약돌』 발간
* 1959년 2월 진주고등학교 졸업(29회)
* 1959년 3월 부산대학교 상과대학 무역학과 입학,
* 대학재학중 부산대학교 대학신문 《부대신문사》 기자 역임
* 1959년 11월 영남예술제 한글시백일장(대학부) 입상
* 1959년 《영문》 시 추천
* 1963년 2월 부산대학교 상과대학 무역학과 졸업
* 부산대학교 경영대학원 최고경영자 과정 수료
* 주식회사 '영남 렌트카', '뉴부산 렌트카' 대표이사 역임
* 부산, 대남병원, 동인병원 행정원장 역임
* 부산상공회의소 대의원
* 세례교인, 와이즈맨 부산델타클럽, 로타리클럽 회원
* 부산 사하팔각회 회장 역임
* 2008년 《시와 수필》 신인상(시부문)으로 등단
* 남강문학회 초대 사무국장 역임
* 2017년 6월 24일 구강암으로 별세
* 유족으로 미망인 선영자 시인과 두 아들이 있음